Setzen Fünf

Schulerlebnisse aus den Fünfziger- und Sechzigerjahren

Autobiografische Erzählungen von

Joachim Kuhrig

Verlag BoD-Books on Demand, Norderstedt

Setzen Fünf – Schulerlebnisse aus den Fünfziger- und Sechzigerjahren

Joachim Kuhrig

1. Auflage
September 2016

ISBN: 9783740715861

TWENTYSIX – Der Self-Publishing-Verlag
Eine Kooperation zwischen der Verlagsgruppe
Random House und Books on Demand

Fotos: Edeltraud Schulze
Herstellung und Verlag: BoD-Books on Demand, Norderstedt

Bibliografische Information der Deutschen Nationalbibliothek:
Die Deutsche Nationalbibliothek verzeichnet diese Publikation in der Deutschen Nationalbibliografie; detaillierte bibliografische Daten sind im Internet über http://dnb.d-nb.de abrufbar.

Alle Rechte liegen beim Autor.
© Joachim Kuhrig

Das Werk ist einschließlich aller seiner Teile urheberrechtlich geschützt. Jede Verwertung und Vervielfältigung des Werkes ist ohne Zustimmung des Verlages unzulässig und strafbar. Alle Rechte, auch die des auszugsweisen Nachdrucks und der Übersetzung, sind vorbehalten! Ohne ausdrückliche schriftliche Erlaubnis des Verlages darf das Werk, auch nicht Teile daraus, weder reproduziert, übertragen noch kopiert werden, wie zum Beispiel manuell oder mithilfe elektronischer und mechanischer Systeme inklusive Fotokopieren, Bandaufzeichnung und Datenspeicherung. Zuwiderhandlung verpflichtet zu Schadenersatz.

Inhaltsverzeichnis

Vorwort 7

1   Setzen Fünf – Englisch 8

2   Wenn du hier den Hampelmann markieren willst, dann fliegst du raus – Religion 28

3   Wääch jetzt noch einmol locht, dääch fliegt raus – Latein 35

4   Es gibt kein Ende, es geht nicht weiter – Mathematik 45

5   Haben wir jetzt Geschichte oder Deutsch oder Philosophie – Deutsch 55

6   Wir fahren nach Blankenheim – Chemie 67

7   Gefährliche Münzen – Wette in der Schulpause 72

Danksagung – Autoren-Vita 81

Weitere Bücher des Autors 82

Vorwort

Sämtliche aus der Erinnerung geschilderten Begebenheiten sind authentisch. Lediglich die meisten Personen- und teilweise Firmennamen sind verfremdet, um keine Persönlichkeitsrechte zu verletzen.

Die Schulzeit am Gymnasium erscheint mir im Nachhinein wie eine neunjährige Kabarettveranstaltung, wobei die Lehrer Opfer ihres unfreiwilligen Humors sind.

Einer der Englischlehrer wirkt wie ein Zyniker mit dem Aussehen und der Stimme des ehemaligen Fernsehmoderators Dieter Thomas Heck.

Die Religionslehrer scheinen sich, ohne es zu merken, wie Komiker aufzuführen.

Einem Mathematiklehrer wird nicht bewusst, dass er in einer Klassenarbeit Stoff abfragt, den er gar nicht unterrichtet hat.

Ein langjähriger Deutschlehrer lässt drei Klassenarbeiten an einem Tag schreiben und gibt sie am gleichen Tag mittags benotet zurück.

Ein Chemielehrer verursacht bei einem Experiment mit einer Natriumstange eine Panik.

Eine Wette auf dem Pausenhof führt zu einem Freizeitabenteuer der außerschulischen Art.

Setzen Fünf
Englisch

„Junge, du musst erst Latein lernen, später dann Englisch", höre ich sie noch sagen, die Eltern, die Verwandten. „Wer Latein kann, kann auch Italienisch, Spanisch, Rumänisch …"

Verwechsle ich das jetzt mit den Sprüchen aus Hanns Dieter Hüschs Kabarettveranstaltungen?

Jedenfalls erlebte ich im siebten Schuljahr am Gymnasium meinen ersten Englischunterricht. Und den werde ich zeit meines Lebens nicht vergessen. Ich träume noch heute davon. Manche Episode erinnert an Spoerls *Feuerzangenbowle* oder Heinrich Manns *Professor Unrat*. Die Romane hatte ich später gelesen, die Filme mehrfach gesehen. Vieles kann man dadurch erklären, dass meine Schulerlebnisse aus einer anderen Zeit stammen als die darauf folgende, in der ich selbst unterrichtete. Das Schulwesen hatte sich nach den Sechzigerjahren stark verändert. Dazu gehören vor allem die Unterrichtsmethoden und die Notenfindung.

Für mich begann Englisch mit einer Katastrophe. Das rechtzeitig bestellte Lehrbuch war wochenlang nicht im Buchhandel zu bekommen, damals, als Adenauer gerade zum zweiten Mal Bundeskanzler geworden war. Das Buch wäre vergriffen, sagte man mir im Laden.

Ich hatte einen sehr sympathischen Lehrer. Er hieß Lückendorf und war Anfang dreißig. Seine Figur, sein Auftreten, seine Aussprache erinnerten mich an den Schlagersänger Bill Ramsey, der damals mit komischen Nummern wie *Pigalle, Pigalle, der Speck in dieser Mausefalle schmeckt so zuckersüß …* sehr populär war. Seine humorvolle Art faszinierte uns. Wenn er zum Beispiel lateinische Texte mit amerikanischem Akzent vortrug oder Deutsch mit englischem Akzent sprach wie der schon damals sehr bekannte und beliebte Rundfunk-

Plattenplauderer Chris Howland, „Eue aalte Frreund Hainrich Pumpenickll is wiede daa", kamen wir aus dem Lachen nicht mehr heraus.

Während meine Mitschüler die amerikanische Aussprache des Englischen wie einen Dialekt verstanden und so hinnahmen, konnte ich mich darüber köstlich amüsieren. Unter einem sprechenden Amerikaner stellte ich mir einen Menschen vor, der mit einer heißen Kartoffel im Mund zu rülpsen versuchte. Mit meinen Ideen, dass Holländer röchelten, Österreicher jammerten und knatschten, Russen lallten, wie totalbetrunken klängen und Hessen babbelten, kam ich bei meinen Klassenkameraden nicht an. Sie sagten, wenn ich darauf zu sprechen kam: „Du spinnst!"

Ich musste hieran denken, als ich vor ein paar Jahren von einem Schweden-Urlaub zurückkam und an der Autobahnraststätte in der Nähe von Flensburg Pause machte. Da rülpste mich ein Amerikaner an und fragte auf breitem Amerikanisch, ob ich ihm Geld geben könnte. Noch ganz in Urlaubsstimmung antwortete ich auf Schwedisch, dass ich kein Englisch verstünde und ihm nicht helfen könne. Irritiert trottete er von dannen.

Zur komischen Unterrichtssituation passte das Ambiente vorzüglich. Die Schule war im Seitengebäude eines Schlosses im Rheinland untergebracht. Damit alle einen Sitzplatz bekommen konnten, wurde jeder noch so kleine Raum ausgenutzt. Zusätzlich hatte man fünf Pavillons auf dem Schulhof aufgestellt. Die grau gestrichenen Holzhäuser, die wir Baracken nannten, konnten jeweils über fünfzig Schüler beherbergen. In einem dieser Häuser war unser Unterrichtsraum. Meine Klasse hatte zweiundfünfzig Jungen, keine Mädchen. Es herrschte Geschlechtertrennung, obwohl alle zur selben Schule gehörten. Der Unterricht verlief im Schichtverfahren, eine Woche wurden im Wechsel vormittags die Jungen und nachmittags die Mädchen unterrichtet. Das ging zu meiner Zeit noch drei Jahre lang, ehe die Mädchen außerhalb des Schlossparks eine eigene, neu erbaute Schule bekamen. Acht

Millionen Mark soll sie gekostet haben. Vor meiner Zeit, als die Schülerzahl am Gymnasium viel geringer war, hatten alle zur gleichen Zeit Schule, getrennt durch eine Mauer auf dem Schulhof.

Unser Englischlehrer gab sich viel Mühe mit mir, hatte aber keinen Erfolg, weil ich irrigerweise überzeugt war, nicht ohne Buch lernen zu können. Ich brauchte das Englischbuch, um mir zu Hause den Schulstoff selbst beizubringen. Das galt für alle Fächer. Ohne Lehrbuch, glaubte ich, lief nichts. Zur Schule und später zur Universität ging ich nur, um mich zu erkundigen, was ich lernen sollte. Den Rest erledigte ich allein zu Hause.

An meiner Aussprache hatte Lückendorf nichts auszusetzen. Die fehlenden Vokabeln und die Schwächen in der Grammatik brachen mir jedoch das Genick.

Ich schrieb in den Klassenarbeiten zunächst eine Sechs nach der anderen. Erst als es um die Versetzung ging, arbeitete ich mich mit dem Buch *Learning English*, das ich schließlich bekommen hatte, auf eine Fünf hoch, die einzige Fünf auf dem Zeugnis. Dem Lehrer gab ich keine Schuld für mein Versagen. Er konnte ja nichts dafür, dass ich in den ersten Monaten kein Lehrbuch hatte.

Trotz meines Misserfolges in Englisch ging ich gern zur Schule. Fast jeglicher Unterricht war für mich wie eine Kabarettveranstaltung. Ich hätte permanent lachen können, so sehr amüsierte ich mich über die meisten Lehrer, allen voran unseren Lateinlehrer Müller. Als der zum ersten Mal unseren Klassenraum betrat, rief er, nein röchelte er: „Locht nicht so blöde! Wer jetzt noch einmal locht, der fliegt raus." Niemand hatte zuvor gelacht. Wir sahen uns alle verdutzt an und schmunzelten. Am komischsten wirkte sein eigenes Lachen. Wir hörten es gleich in der ersten Lateinstunde, als ein Schüler *Ich bin 54 Jahre alt* ins Lateinische übersetzen sollte, und sinngemäß *Ich bin 1954 geboren* sagte. „Uah, uah, uah! Dann wäch ich ja erst fiech Johre alt. Uah, uah, uah!", röchelte er und klopfte mit den flachen Händen aufs Pult. Dabei hingen sein Oberkörper und die ausgebreiteten Arme auf der Tischplatte. Die Krawatte, die mit einer Nadel am beigefarbenen Hemd befestigt und unter dem Kinn hervorgerutscht war, passte nicht zu seinem altmodischen dunkelbraunen Anzug mit Hosenträgern. Wir trauten uns nicht, laut zu lachen, kicherten aber alle. Anschließend sprang Müller auf, dass sein Stuhl am Lehrerpult fast umfiel, rannte wie von der Tarantel gestochen durch die Gänge, stellte dabei die gleiche Übersetzungsaufgabe, stürzte auf einen Schüler zu, um sich im gleichen Moment auf dem Absatz umzudrehen und den Namen eines anderen Jungen zu rufen, der ganz woanders saß. Dieser war, völlig überrumpelt, nicht in der Lage zu antworten. „Schlof waitech, Johanna!", röchelte Müller verschmitzt. Jetzt trauten sich einige Klassenkameraden laut loszuprusten. Ob seine Frau wohl Johanna hieß?, ging es mir durch den Kopf.

Dass einige Lehrer auf uns wie Komiker wirkten, erkläre ich mir heute so: Sie haben im Zweiten Weltkrieg vielleicht traumatische Erlebnisse gehabt und nicht ohne Verletzungen überlebt.

Unser Geschichtslehrer zum Beispiel erzählte uns häufig seine Kriegserlebnisse. Einmal erwischte ich ihn dabei, wie er mogelte. Er schilderte in aller Ausführlichkeit, wie er in einer Grube auf dem Boden gefesselt gelegen und eine riesige Metallsichel sich von oben schwingend auf ihn zubewegt hätte. Dabei zeigte er uns Narben an seinen Fingern, die von den Schnittwunden herrühren sollten. Als ich meinem Lehrer entgegnete, dass ich seine Geschichte kannte, sie in *Die Grube und das Pendel* von Edgar Allen Poe gelesen hatte, wurde sein Gesicht rot und er wechselte beleidigt das Thema.

Zurück zum Englischunterricht.

Während ich in Mathematik Klassenbester war, gab es nur einen, der in Englisch schlechter war als ich. Krawitzki. Er hatte bereits die Klassen fünf und sechs wiederholt und stand kurz vor seiner Entlassung, weil er auch im zweiten Anlauf das siebte Schuljahr, die Quarta, nicht erfolgreich überstehen sollte. Der Junge, der drei Jahre älter war als ich, tat mir leid. Ich half ihm gelegentlich beim Rechnen.

Nachdem es zu Beginn des achten Schuljahres zur ersten Englischstunde geläutet hatte, wurde es ernst. Mein Leben und das fast aller Mitschüler sollte sich entscheidend ändern. So sehr, dass wir uns nach mehr als fünfzig Jahren beim jährlichen Klassentreffen mit Wut im Bauch an den danach neuen Lehrer erinnerten, der uns sechs lange Jahre schikaniert hatte. „Mula, diese Drecksau!", hieß es jedes Mal.

Schon sein erstes Auftreten schockierte uns. Dabei unterhielten wir uns friedlich, nicht besonders laut, als er zur Tür hereinkam. Statt freundlich *Guten Morgen* zu sagen, schmiss er seine vergammelte, beigefarbene Aktentasche aufs Lehrerpult und brüllte uns an, dass uns Hören und Sehen verging: „Mein Name ist Mula und ich will, dass hier Ruhe ist!"

Es war sofort mucksmäuschenstill. Selbst ich, der fast immer in der ersten Reihe saß und selten um einen dummen Spruch verlegen war, blieb stumm.

Wenn ich heute an diesen Mann denke, erinnert er mich an einen Fernsehmoderator mit dem Künstlernamen Dieter Thomas Heck. Der sollte ein paar Jahre später durch seine Moderation der *ZDF-Hitparade* als Schnellsprecher Karriere machen. Redakteur der Sendung war ein Herr, der durch Schutzgelderpressungen, wie es die Sängerin Manuela Jahre später versicherte, bekannt wurde.

Aber das ist eine andere Geschichte, mit der Heck und erst recht Mula nichts zu tun hatten.

Mula ähnelte im Aussehen Heck sehr, war nur etwas kleiner, gedrungener und trug auch keine modische Kleidung wie er, sondern einen grau gemusterten Anzug mit weißem Hemd, Hosenträgern und beiger Krawatte. Ihre Stimmen klangen allerdings verblüffend ähnlich.

Im Unterricht ließ Mula uns reihenweise in die Falle laufen, wollte uns zeigen, dass wir nichts konnten. Wir mussten Sätze bilden mit *to sit* und *to set*, *to lay* und *to lie*, *to remember* und *to remind* und so weiter. Immer wenn wir etwas falsch machten, schlug er mit seinem Ehering aufs Pult als Signal, dass wir den Fehler korrigieren sollten.

Als ich an die Reihe kam, versuchte ich, die angespannte Atmosphäre aufzulockern, indem ich scherzhafterweise fragte, ob *to lock* und *to castle* oder *to church* und *to cherry* nicht auch schöne Beispiele wären. Er verzog sein Gesicht zu einer Grimasse, schüttelte den Kopf und brüllte: „Kuhrig, setzen! Fünf! Du hast nichts verstanden." Er schrieb eine Fünf ins Notizbuch. Es sollte nicht die letzte sein.

In einer der nächsten Stunden fiel Alfred ein Bleistift auf den Boden. Mula sah das und forderte ihn auf: "Leg dich daneben!"

Alfred reagierte nicht, blieb sitzen und sah den Lehrer verdutzt an.

„Zur Strafe schreibst du zu Hause zwölf Sätze mit *to sit* und *to set* …", zischte Mula, „und liest die in der nächsten Unterrichtsstunde vor."

Beim Vortragen am nächsten Tag verhaspelte Alfred sich beim elften Satz und musste zur Strafe für das nächste Mal 24 Sätze bilden.

Als er in der darauffolgenden Englischstunde begann, die Sätze vorzulesen, war gleich nach dem zweiten Satz Schluss.

„Der ist zu kurz. Fünf! Setzen! 48 Sätze für übermorgen!", brüllte Mula. „Sit down!", hatte Alfred geschrieben; das ließ er nicht gelten.

Dieses Spiel trieb unser Englischlehrer bis zur Oberprima. Einer musste mal 96 Sätze schreiben.

Einige Tage später wurde auf dem Schulhof ein Handel mit derartigen Sätzen getrieben, gegen Geld versteht sich. Wie durch ein Wunder blieb ich mit solchen Sonderaufgaben verschont. Ich machte andere Fehler, benutzte bei einer Übersetzung vom Deutschen, in dem das Wort *örtlich* vorkam, ins Englische das Wort *local*. Sofort schlug Mula mit seinem Ring aufs Pult und fragte die Klasse: „Was ist hier falsch?"

„Hier ist nichts falsch", rief ich dazwischen. „*Local* kommt aus dem Lateinischen, von *locus, der Ort.*" Dabei betonte ich das *o* als langen Vokal. Auf Lateinisch wird es kurz gesprochen.

Ich sah mich um. Alle Klassenkameraden grinsten. Mula blieb ernst. „Kuhrig, setzen. Fünf! – Da müssen wir wohl schließlich alle mal hin. Aber nicht jetzt."

Bis heute hat mir niemand erklären können, wieso man *örtlich* nicht mit *local* übersetzen darf.

Mulas Ungerechtigkeit in diesem Fall wollte ich nicht durchgehen lassen, und ich überlegte, wie ich ihn bestrafen könnte. Aber es fiel mir erst drei Jahre später, als ich mich an den Vorfall erinnerte, etwas Passendes ein.

Aus der Parallelklasse kannte ich Franz, der Englisch und Französisch bei Mula hatte. Weil ich kein Französisch bei Mula lernte, konnte ich meinen Plan nicht selbst durchführen. Franz schrieb, in Absprache mit mir, seine nächste Englischarbeit komplett auf Französisch. Mula machte, wie Franz mir später erzählte, bei der Rückgabe der Arbeit ein Riesentheater. Er durfte Franz keine Sechs verpassen, weil der Schulleiter verlangt hätte, dass Franz die Arbeit neu schreiben müsse, auf Englisch. Mula hatte dadurch eine Mehrarbeit, die ihn sehr wurmte, wie er vor der Klasse zugab. Mula hat nie erfahren, dass ich hinter allem steckte.

Das perverse Spiel mit dem heruntergefallenen Bleistift wiederholte sich gelegentlich. Freddy legte sich einmal tatsächlich neben den Bleistift auf den Boden. Es nützte ihm nichts. Auch er kassierte seine Fünf.

Gegen solche Erniedrigungen wussten wir uns damals nicht zu wehren. Beschwerden beim Klassenlehrer brachten nichts. „Mula benimmt sich im Lehrerzimmer genauso", hieß es jedes Mal. Mit den Eltern sprachen wir selten über die Schule. Das galt damals als uncool, wie man heute sagen würde.

Eduard saß am Fenster neben einem Heizkörper, der gelegentlich ein knackendes Geräusch von sich gab. „Wer war das?", brüllte Mula, der annahm, dass Eduard Schuld daran hatte, und ließ ihn eine fünfseitige Strafarbeit über das Thema *Warum knackte der Heizkörper?* schreiben, auf Englisch natürlich.

Auch wenn Mula ein Ekel war, die englische Grammatik beherrschte er perfekt. Dieter, der später selber Englischlehrer wurde, konnte das beurteilen. Wir haben viel bei ihm gelernt, konnten gut vom Deutschen ins Englische übersetzen und umgekehrt. Mulas Aussprache war ebenfalls exzellent. Das kam uns zugute.

Mit seiner Notengebung waren wir nicht einverstanden. Die Zeugnisnote bildete er grundsätzlich als Durchschnittsnote aus den Klassenarbeitsergebnissen. Das war damals wohl so üblich gewesen. Beim Vergleich unserer Zeugnisse stellten wir mal fest, dass keiner eine Eins oder Zwei hatte, Dieter als einziger eine Drei, Wolfgang eine Fünf und alle anderen eine Vier. Damit war ich gleichzeitig der Zweitbeste und der Zweitschlechteste.

Wie sahen die Klassenarbeiten aus? Bis zum Abitur wurden gelegentlich Diktate geschrieben, öfter Übersetzungen und zuletzt Nacherzählungen. Ein freies Thema gab es nie. Bei den Diktaten hatte ich schwer zu kämpfen, weil ich zu langsam schrieb. Oft hatte ich da eine Fünf. Beim Übersetzen war ich einer der besten, hatte meistens eine Drei. Nacherzählungen fielen mir schwer, weil ich schlecht zuhören konnte. Das endete in der Regel mit einer Vier.

Einmal mussten wir in einer Klassenarbeit einen Text übersetzen, der allen leicht fiel. Wir erreichten unser bestes Ergebnis. Keiner hatte eine Fünf, die meisten eine Drei, ich sogar meine einzige Zwei. An dem Tag, als Mula uns die korrigierte Arbeit zurückgab, hatten wir nichts zu lachen. Er brüllte uns an: „Ihr habt die Arbeit gekannt! Warum habt ihr nicht vorher etwas gesagt? – Die Arbeit ist ungültig, wird neu geschrieben."

Dieter traute sich zu sagen: „Herr Studienrat, wir haben den Text nicht gekannt." Darauf ließ sich Mula nicht ein. Diese Ungerechtigkeit haben wir ihm nicht verziehen.

Im neunten Schuljahr kam ein Wiederholer in die Klasse. Er war wegen einer Sechs in Englisch sitzengeblieben, hatte zuvor Mula als Lehrer. Bei uns blühte er auf. Wenn selbst Dieter mal einen Fehler machte, ließ er den Wiederholer aufstehen und stellte ihm die gleiche Frage. Der hatte inzwischen genügend Zeit gehabt, sich die richtige Antwort zu überlegen. „Seht ihr, eine Sechs muss man haben!", zischte Mula dann zynisch, und ich sah, wie er eine Drei notierte.

Spätestens seit diesem Vorfall hatte ich keine rechte Lust mehr, Englisch zu lernen. Warum überhaupt? Wäre es nicht besser, wenn alle Menschen nur ihre Muttersprache sprächen? Dann könnten sie sich auf andere Dinge wie Mathematik und Naturwissenschaften konzentrieren. Die brächten die Menschheit weiter. Das Erlernen von Fremdsprachen wäre reine Zeitverschwendung, dachte ich damals.

Selbst in den Schulpausen verhielt sich Mula wie ein Quälgeist. Er war allgegenwärtig. Auf dem Pausenhof ohrfeigte er einmal einen Klassenkameraden, den er zuvor nach dem Namen unseres Sportlehrers gefragt hatte und dieser mit „Herr Sandflock" geantwortet hatte. „Herr Studienrat Sandflock" heißt das, gab er als Begründung für sein Verhalten an.

Mula irrte übrigens. Sandflock war Sportlehrer ohne Titel, kein Studienrat, auch wenn dieser am Reck immer sagte: „Studienrat macht vor."

Sandflock bewunderten wir, weil er trotz einer Kriegsverletzung, die einen steifen Arm zur Folge hatte, hervorragend am Reck turnen konnte. Er hatte es nicht verlernt, der erfolgreiche Vorkriegsmeister am Reck.

Einige Tage später wagte es Ronny, Mula die folgende Frage zu stellen: „Kann ich mal zur Toilette gehen?"

Unser Englischlehrer, der wie immer an seinem Pult saß, reckte sich, zucke mit den Achseln und antwortete zynisch:

„Weiß ich das, ob du das kannst? Du kannst es ja mal versuchen. Meinen Segen hast du."

Mula eine Frage zu stellen, die nichts mit seinem Unterricht zu tun hatte, war nicht ratsam. Einmal tat ich es doch. Es war eine Woche vor meiner Theoretischen Führerscheinprüfung. Als ich mit einem Übungsfragebogen zu ihm ans Lehrerpult kam und ihn um Rat wegen einer kniffeligen Frage bitten wollte, sah er mich von oben bis unten an und sagte: „Was soll das?"

„Ich möchte Mopedfahrer werden."

Er musterte mich scharf und knirschte: „Erst macht es ,Brrm, Brrm'. Dann hakt es oben aus." Dabei tippte er mit dem Zeigefinger an seine Stirn. „Du solltest dich erst mal rasieren, wenn du mit mir sprichst. Setzen, Kuhrig!" Anschließend schikanierte er mich die ganze Stunde mit schwierigen Fragen zur Englischlektüre *Lady Windermere's Fan*.

Bis zu jenem Tag hatte ich mich in der Tat noch nie rasiert, weil ich keinen Rasierapparat besaß. Wegen der Barthärchen war ich bereits eine Woche vor Mulas Bemerkung vom Klassenlehrer angesprochen worden: „Willst du dieses Schnürsenkelzeug nicht endlich entfernen?"

Über Mulas Verhalten an diesem Tag habe ich mich lange geärgert. Es ist jedoch nicht zu vergleichen mit einem Vorfall am selben Tag, den ich später von einem Schüler aus der Parallelklasse erfuhr. Ihr Deutschlehrer hatte sich während der Unterrichtsstunde auf seinen Stuhl gesetzt und einen Jungen gebeten, das Fenster in der Nähe des Pultes zu öffnen. Dann sagte er: „Jetzt zeige ich euch mal, wie man sich benimmt", lehnte sich bequem zurück, legte die Füße auf das Pult und spuckte in hohem Bogen aus dem Fenster.

Dieser Lehrer ist übrigens später Bundestagsabgeordneter geworden.

Zurück zu Mula.

Als wir uns einmal während einer Regenpause im Klassenraum aufhielten, es war im elften Schuljahr, kam Mula hereingeschlichen. Ronny saß auf seinem Tisch und las uns gerade aus einem Brief einer seiner Verehrerinnen vor. Es handelte sich um ein Mädchen, für das sich Ronny, wie er sagte, nicht interessierte. Mula durchstieß die Zuhörertraube, die sich um Ronnys Platz gebildet hatte, und fragte forsch, was das soll. Als er keine Antwort bekam, entriss er Ronny blitzschnell den Brief und verschwand damit. Wir trauten uns nicht zu protestieren. Ein Lehrer war für uns, egal wie er uns behandelte, eine Autorität. Der Brief war weg. Mula hat ihn nie zurückgegeben.

Es war in einer anderen Pause im selben Jahr, als Mula wieder in unser Klassenzimmer geschlichen kam. Ich hatte ihn nicht bemerkt und betrachtete gerade die Single-Schallplattenhülle mit dem Titel *Ich geh noch zur Schule*.

Er riss mir das Cover aus der Hand und fragte: „Wer ist das?"

„Manuela. Die ist sehr bekannt. Kennen Sie *Schuld war nur der Bossa Nova*?"

„Kenne ich", raunzte Mula, „aber was soll das hier?"

„Die hat ein hübsches Gesicht. Die spornt mich an."

„Unfug!", schrie er und verschwand mit der Plattenhülle, die ich nie wiedersah. Wie hätte er wohl reagiert, wenn er damals gewusst hätte, dass ich später einmal mit dieser Sängerin jahrelang unter einem Dach wohnen würde?

Da mir die Gefahr sitzenzubleiben zu groß erschien, wenn ich eine Fünf auf dem Zeugnis riskierte, versuchte ich, das mit aller Macht zu verhindern. Bei den Klassenarbeiten im Durchschnitt die Note ausreichend zu bekommen, erschien mir nicht schwer. Aber was war mit der mündlichen Beteiligung im Unterricht? Wenn Mula die als ungenügend einstufte, bestünde dann nicht die Gefahr, insgesamt eine Fünf zu bekommen? Um das zu verhindern, wandte ich einen Trick an, den der Lehrer bis zuletzt nicht durchschaute. Ich gab absichtlich falsche Antworten, damit er eine Fünf ins Notizbuch schrieb. Mit einer Reihe von Fünfen dachte ich, mich gegen eine Sechs abzusichern.

Hierbei ging ich so vor, dass auch meine Klassenkameraden ihren Spaß daran hatten. In Anlehnung an den damaligen Bundespräsidenten Heinrich Lübke, der zu Königin Elisabeth von England *Gleich geht es los* auf Englisch sagen wollte und mit seinem Satz *Equal goes it loose* von Spöttern zum Meister des unfreiwilligen Humors gekürt worden war, ließ ich mir so manches einfallen.

The Rolling Stones übersetzte ich mit *Die wackelnden Obstkerne*, *good-bye* mit *guten Einkauf*, *Erdbeere* mit *earth berry*, *Luftzug* mit *air train*. Einmal ließ er Schlagertexte übersetzen. Bei der Zeile *Come on Baby make me happy* war ich an der Reihe. *Komm weiter, Säugling, mach mich glücklich* übersetzte ich.

Ob Mula sich bei *earth berry* mehr über meinen gemimten Behinderten-Gesichtsausdruck, das unanständig herausgerülpste Wort *earth* oder die falsche Vokabel aufgeregt hat, weiß ich nicht. Er war jedenfalls außer sich, verdrehte die Augen und schlug mit seinem Ring mehrfach aufs Pult.

Ich konterte verschmitzt: „Es heißt doch: so wörtlich wie möglich, so frei wie nötig."

Er zeigte mir einen Vogel.

I'm watching my watch als Antwort auf die Frage *Kuhrig, was machst du gerade?* ließ er gerade noch gelten. Aber mit *watch wood* als Übersetzung für *Urwald* oder gar *watchology* für *Urologie* brachte ich ihn endgültig auf die Palme.

Als ich einmal morgens zur ersten Stunde fünf Minuten zu spät zum Unterricht erschien, begrüßte ich Mula mit *Tomorrow together*. Er zückte sein Notizbuch und rief: „Setzen, Kuhrig! Fünf!"

Ich war nicht der einzige in der Klasse, der die Mitschüler zum Lachen brachte. Als Alfred im zwölften Schuljahr mal *Nimmt er …?* mit *Puts he …?* übersetzte, hatte er seinen Spitznamen weg. Mula nannte ihn von da an nur noch *Puzzi*. Ein andermal sollte Alfred das Gedicht *Crossing The Bar* ins Deutsche übersetzen. Die Zeile *One clear call for me …* übersetzte der folgendermaßen: *Ein Klarer ruft nach mir …* Mula schlug die Hände vors Gesicht. Er war außer sich.

Mula wusste, dass ich schriftlich stärker war als mündlich. Aus diesem Grund durfte ich nicht ein einziges Mal in den sechs Jahren eine schriftliche Hausaufgabe vortragen, immer nur die anderen. Bei mündlichen Hausaufgaben versuchte er, mich stets bloßzustellen. Wenn ich eine Vokabel nicht wusste, nützte es mir nicht, dass ich ihm aufgrund meines mathematischen Gedächtnisses sagen konnte, auf welcher Seite und in welcher Zeile die Vokabel im Lehrbuch stand. Er tat so, als wenn ich gar nicht versucht hätte, die Vokabeln zu lernen. „Setzen! Fünf!"

Einmal musste ich das Gedicht *The Flying Robert* aufsagen. Der erste Vers klappte wunderbar: *When the rain comes tumbling down in the country or the town ... here you see him silly fellow underneath his red umbrella.* Dann blieb ich stecken. Es nützte mir nichts, dass ich ihm versicherte, dass meine Oma mich noch am Vorabend abgehört hatte und ich den Text komplett auswendig konnte. Ich bekam meine Fünf.

Übrigens, ohne dass ich mir bis heute das Gedicht noch einmal angesehen habe, kann ich jetzt nach über 50 Jahren den zweiten Vers aufsagen: *What a wind, oh, how it whistles through the trees and flowers and thistles ...* Es muss in meinem Gedächtnis tief verankert gewesen sein. Nützt mir leider heute nichts mehr, Mula ist tot.

Jedes Mal nach den Sommerferien fragte uns Mula, wohin wir verreist waren, um anschließend ironische Bemerkungen zu machen. In dem Jahr, als die *Beatles* ihren Siegeszug in der Popgeschichte begannen, war ich an der Reihe: „Na, Kuhrig, du warst doch sicher in Italien, am blauen Meer."

„Nein, Herr Studienrat, in England ..."

„Du willst mir einen Bären aufbinden. Reiß dich mal zusammen!", fuhr er mit funkelnden Augen dazwischen.

„Alfred ist Zeuge."

Alfred nickte. Mula sah uns ungläubig an.

„We went by bike from Düsseldorf to London ..."

„Jetzt spinnst du aber wirklich!", zischte Mula.

„Nein, so war es!", riefen Alfred und ich im Chor.

„Dann erzähl doch mal auf Englisch, wie es so war!"

Ich erschrak. Das musste schiefgehen. Hatten wir doch in all den Jahren bei Mula lediglich bei Übersetzungsübungen Englisch sprechen müssen, sonst so gut wie nie.

„Das nehme ich dem Herrn heute noch übel", sagte Dieter vor ein paar Wochen beim Klassentreffen, als wir auf unseren Englischunterricht zu sprechen kamen. „Warum hat er bis zum Abitur keine Freisprechübungen mit uns gemacht?"

„Obwohl das damals schon üblich war, wie mir vor ein paar Tagen unser ehemaliger Kollege Allihn bestätigt hat", fuhr ich dazwischen.

„Und der muss es ja wissen, weil er damals schon Englischlehrer war", ergänzte Dieter. „Hatte unser Mula keine Lehrerausbildung?"

„Vielleicht hatte Mula tatsächlich keine gehabt", meldete sich Walter zu Wort. Er war ebenfalls Mathelehrer am Gymnasium bis zu seiner Pensionierung. „Die brauchten nach dem Krieg doch dringend Lehrer, auch ohne ordentliche Ausbildung."

Umständlich schilderte ich in groben Zügen den Verlauf unserer Fahrt.

„We went by bike with much luggage – we had a complete tent preparation containing cooking utensils, Spirituskocher and so on on board – …"

Mula: „Ha, ha, ha!"

„… from Düsseldorf via Antwerpen to Oostende. From there we would go by ferry for Dover in England. – Entschuldigung, wenn ich Fehler mache, aber ich soll das ja auf Englisch sagen."

Mula: „All right!"

Ich hielt einen Augenblick inne, schnäuzte in ein Taschentuch, um Zeit zu gewinnen, und erzählte dann, dass wir uns kurz vor Dover aus den Augen verloren hätten, weil Alfred ein paar Kilometer voraus gefahren wäre.

„Alfred crossed the British Channel by a car ferry, I took a pessenger ferry."

Mula sah uns irritiert an. „No!"

„Alfred is my witness."

In Dover angekommen, fuhr ich fort, hätte ich meinen Klassenkameraden nirgends finden können und daher allein in einer Jugendherberge übernachtet.

„Because I couldn't put up my tent."

Ich erzählte, dass Alfred die Zeltplane, ich das Gestänge transportierten, um das schwere Gepäck auf den Rädern zu verteilen.

Am nächsten Tag wäre ich weiter Richtung London gefahren und hätte in einer Herberge in Doddington, Grafschaft Kent, übernachtet.

„There I stayed two days."

Mula schüttelte den Kopf. „Why?"

„Alfred should have an advantage."

„He means ...", rief Alfred dazwischen.

„Hört sich ja ganz spannend an", unterbrach mich Mula. „Come on, boy!"

Ich schilderte stockend die weitere Fahrt über Canterbury nach London. Dort hätte ich in einer Jugendherberge übernachtet und einen Plan geschmiedet, wie ich Alfred finden könnte. Ich hätte mir vorgenommen, alle Londoner Youth Hostels aufzusuchen, um ihn zu finden. Und tatsächlich hätte ich bereits in der zweiten Herberge Glück gehabt.

„I didn't find him, but I found his bicycle."

Mula lachte und klopfte mit seinem Ring auf das Lehrerpult. „I can't believe it."

Stammelnd fuhr ich fort, meine Geschichte zu erzählen.

Ich hätte mein Fahrrad an seins gekettet, damit Alfred nicht verschwinden könnte, ohne mich zu bemerken. Obwohl wir im selben Haus gewohnt hätten, habe es zwei geschlagene Tage gedauert, bis wir uns in einem der beiden Treppenhäuser zufällig begegnet wären. In der Cafeteria hätten wir erst mal eine Flasche Limonade zur Feier des Tages getrunken.

Ich drehte mich im Klassenzimmer um und sah Alfred an. Der schmunzelte. „Hatten wir uns doch endlich wieder gefunden!"

Dann erzählte ich, dass wir noch drei Tage in London geblieben wären und Sehenswürdigkeiten …

„Just any other time, please!", unterbrach mich Mula, um im gleichen Atemzug „Come on!" zu sagen.

Durch die Unterbrechung irritiert überlegte ich, wie es weiterging. Ich erzählte, dass wir unseren ursprünglichen Plan, bis zum Lake District hochzufahren, nicht mehr hätten ausführen können, weil Alfred über Schmerzen im linken Bein geklagt hätte.

„Und weiter?", quengelte Mula ungeduldig.

„I had to prove the air in the tire …"

„Fünf, Kuhrig! Jetzt setz dich hin!" Mulas Gesicht hatte sich zu einer Grimasse verzerrt. Er konnte mein fehlerhaftes Englisch nicht mehr länger ertragen.

Ich setzte mich und schüttelte den Kopf.

Wie ich heute weiß, wäre es wohl besser gewesen, ich hätte *I had to check the air pressure* oder etwas Ähnliches gesagt, um zu erklären, dass ich den Luftdruck im Fahrradreifen kontrollieren musste. *To prove* heißt nämlich nicht prüfen, sondern beweisen.

Die Klasse reagierte sauer. Meine Mitschüler hätten gern noch weiter unseren Erlebnissen gelauscht. Ich war erleichtert, aber auch enttäuscht über die Fünf. Hatte ich die wirklich verdient?

Heute bin ich der Meinung, Mula hätte ganz anders reagieren müssen. Er hätte mich ausreden lassen und der Klasse den Auftrag geben sollen, sich Notizen zu machen und nach meinem Vortrag Verbesserungsvorschläge zu machen. Dann hätte alles auf Englisch diskutiert werden können. Das wäre konstruktiver gewesen.

Mulas kleine Schikanen, die wir über Jahre ertragen mussten, hatte uns ein wenig den Spaß an der Schule genommen.

Aber wir wussten uns nicht so recht zu wehren. Er war trotz allem für uns eine Respektsperson.

Einmal, es war im zwölften Schuljahr, fiel einem von uns, ich weiß nicht mehr, wer es war, ein Streich ein, mit dem wir ihn ein wenig zum Narren halten konnten. Die Klasse war in den letzten beiden Jahren in einer Dachkammer untergebracht, in die gerade sieben Doppeltische und ein Lehrerpult passten. Das Besondere an diesem Raum war, dass in ihm ein zweiter kleiner Raum abgeteilt war, der nur eine Tür, aber kein Fenster besaß. Er wurde als Fotolabor benutzt. Entsprechende Geräte waren hier auch untergebracht. Das Schloss zu dieser Tür konnte mit einem einfachen Schlüssel aus den Fünfzigerjahren geöffnet werden. Da ich einen passenden Schlüssel zu Hause gefunden hatte, konnten wir dreizehn uns alle in der Dunkelkammer verstecken, bevor Mula zur Englischstunde erschien. Wir verhielten uns ganz still, sodass wir hören konnten, wie er den Klassenraum betrat, einen Moment lautlos verweilte und sich dann, weil er das eigentliche Unterrichtszimmer leer vorgefunden hatte, wieder entfernte, wobei er die Klassenraumtür laut zuknallte. Nachdem wir eine Weile lauschend gewartet hatten, verließen wir das Fotolabor und setzten uns auf unsere Plätze. Jetzt wurde auch wieder gesprochen und gelacht, bis plötzlich die Tür aufgerissen wurde und Mula im Türrahmen stand.

„Wieso seid ihr vorhin nicht im Klassenraum gewesen? Wo ward ihr denn?", brüllte er uns an.

Der Klassensprecher hob die Hand und erwiderte in ruhigem Ton: „Wir waren die ganze Zeit über in diesem Raum, Herr Mula. Sie haben uns nur nicht gesehen."

Mula zeigte ihm einen Vogel und fing mit dem Unterricht an, ohne auf die Sache zurückzukommen. Lediglich die nächste Hausaufgabe fiel saftig aus.

In der darauf folgenden Unterrichtspause unterhielten wir Schüler uns über den Streich. Wir fanden ihn gelungen, waren uns aber nicht einig darüber, ob der Klassensprecher mit seiner gewagten Antwort nicht ein wenig zu weit gegangen war.

Die Jahre vergingen.

Weil ich es im dreizehnten Schuljahr nicht als angemessen empfand, dass wir wie Unterstufenschüler vor der Klasse noch Gedichte aufsagen mussten, ließ ich mir etwas Besonderes einfallen, als ich mal an der Reihe war. Ich musste den Text auswendig vor versammelter Mannschaft vorn an der Tafel stehend aufsagen. Da mir die ersten Zeilen nicht gleich einfielen, überlegte ich, wie ich Zeit zum Nachdenken herausschinden könnte. Als ich sah, dass die Tafel von der vorhergehenden Mathematikstunde noch vollgeschrieben war, fiel mir auch sofort etwas ein. Ich nahm den Schwamm, ging langsam zum Handwaschbecken und beobachtete dabei meine Mitschüler.

Die grinsten. Was hat er wohl vor?, müssen sie sich gefragt haben.

Mula stemmte im Sitzen seine Hände in die Hüften und glotzte mich mit offenem Mund an, sagte aber nichts.

Nachdem der Schwamm gut durchtränkt war, ging ich langsam zurück an die Tafel und fing an zu wischen. Wenn ich mich recht erinnere, drehte ich dabei der Klasse den Rücken zu. Nachdem ein Tafelblatt sauber war, drehte ich mich um und sah Mula an. „Darf ich doch?", fragte ich ihn.

„Come on! Nur zu!" Er räusperte sich. Sein Gesicht war aschfahl.

Als ich etwa die Hälfte der Tafel geputzt hatte, fiel mir der Anfang des Gedichtes ein. Ich legte den Schwamm weg und drehte mich wieder um. Dann begann ich, den Text aufzusagen.

So sehr ich heute drüber nachdenke, der Name des Gedichtes fällt mir nicht mehr ein.

Als ich an der Stelle *God's yoke* angekommen war, rief Mula mir zu: „Halt, Kuhrig! Setz dich mal! – Gott scherzt zuweilen." Dann schrieb er eine Fünf in den Lehrerkalender.

Zunächst wusste ich nicht, was ich falsch gemacht hatte. Dann bemerkte ich meinen Fehler. Mir war in der Aufregung *God's joke* herausgerutscht. Statt *Gottes Joch* hatte ich versehentlich *Gottes Scherz* gesagt. Dieser Aussprachefehler war in den Ohren des Englischlehrers möglicherweise unverzeihlich.

An diesem Tag hatte ich kein Glück in der Schule. Eine Stunde zuvor hatte mich der Erdkundelehrer Bader des Raumes verwiesen, weil ich alle meine Utensilien, Schreibstift, Lineal usw. parallel auf meinem Tisch angeordnet hatte. Er hatte geglaubt, dass ich mich über ihn lustig machen wollte. Bader war es nämlich, der zu Beginn einer jeden Unterrichtsstunde seine Taschen leerte und alles Mögliche parallel auf seinem Pult ausrichtete.

Er war übrigens der Lehrer, der uns später die Frage *Was ist der Unterschied zwischen Karneval in Rio und Karneval am Rhein?* gestellt und dann hintereinander jeden um seine Antwort gebeten hat. Alle zuckten mit den Achseln oder sagten *Weiß nicht*, bis ich an die Reihe kam.

„Ich interessiere mich nicht für Karneval", brachte ich mutig heraus.

Ich bekam eine Fünf. Das Fragespiel war zu Ende.

Eine Antwort auf Baders Frage weiß ich heute noch nicht.

Langsam ging es auf das Abitur zu. Die Englischarbeit, eine Nacherzählung, war geschrieben. Niemand wusste das Ergebnis. Hatte ich eine Vier?, war meine bange Frage. Dann wäre ich durch.

Die Ergebnisse sollten wir erst am letzten Schultag erfahren. Da würde uns mitgeteilt, ob wir noch am gleichen Tag in die mündliche Prüfung kämen.

Alle Klassenkameraden erschienen an diesem Tag ohne Tasche in der Schulaula, nur ich nicht. Ich hatte die größte Tasche mit, die ich besaß, voll mit allen Englischbüchern und -heften, die ich aufbewahrt hatte.

Während wir warteten und wie auf heißen Kohlen saßen, las ich mir alle Gedichte durch, die wir im siebten Schuljahr gelernt hatten: *Humty-dumpty sat on a wall, Humpty-dumpty had a great fall ..., Little Nancy Atticoat in a white petticoat and a red nose. The longer ...*

Um Mula in der mündlichen Prüfung zu blamieren, hatte ich mir heldenhaft vorgenommen, alles aufzusagen und mich von ihm nicht unterbrechen zu lassen. Ich hatte mir eingebildet, dass die Prüfungskommission meinen Klamauk so interpretieren würde, Mula hätte uns nur Belanglosigkeiten beigebracht. Ich kam aber nicht in die mündliche Prüfung. Meine Vier in Englisch habe ich auch so bekommen, wie fast alle Mitschüler.

Wenn du hier den Hampelmann markieren willst, dann fliegst du raus
Religion

Hatten meine Mitschüler und ich im Englischunterricht selten Grund zum Lachen, so war das in Religion anders. Meine Eltern hatten mich als Säugling katholisch taufen lassen, also nahm ich am katholischen Religionsunterricht teil. Im Unterschied zu heute besuchten damals alle Gymnasiasten den Religionsunterricht ihrer Konfession, katholisch oder evangelisch. Konfessionslose oder Andersgläubige gab es nur sehr wenige an der Schule. Die mussten am evangelischen Unterricht teilnehmen.

Es war im April 1957. Wir waren im fünften Schuljahr, der Sexta, in einer der Baracken untergebracht, die 52 Schüler fasste, und saßen alle an Zweiertischen. Mit meinem neuen Banknachbarn Klaus saß ich in der vordersten Reihe, direkt hinter dem Lehrerpult. Ein paar Jungen kannte ich von der Volksschule, andere nur flüchtig, die meisten noch gar nicht.

Nach dem Klingeln zur ersten Religionsstunde glich unser Klassenraum noch einem Tollhaus. Alle schrien durcheinander und liefen kreuz und quer durch den Raum. Einige sprangen über Tische und Bänke. Als dann unser neuer Lehrer, klein, beleibt, mit den Armen schlenkernd den Raum betrat und schmunzelnd zum Pult tippelte, verstummten alle wie auf Befehl für einen Augenblick. Man hörte nur bei jedem Schritt die Holzdielen des Fußboden knarren. Einige rieben sich die Augen, andere waren kurz davor loszuprusten. Wer ist das denn?, mochten sich die meisten gefragt haben, ehe ein schallendes Gelächter losbrach, das über eine Minute lang anhielt. Es ist wohl allen so gegangen wie mir. Der Neue sah wie eine Witzfigur aus. Zum Totlachen.

Der Lehrer sagte nichts, sah an die Decke, faltete die Hände, als wenn er beten wollte, und wartete geduldig, bis wir uns beruhigt hatten. Dann hob er an zu sprechen: „Guten Morgen, liebe Kinder! Wie geht es euch?"

Totenstille.

Klaus sah mich grinsend an und rief laut ins Klassenzimmer: „Negerlein!" Augenblicklich setzte wieder ein ohrenbetäubendes Lachen ein, das man wahrscheinlich bis auf den Schulhof hören konnte.

Klaus war ein Wiederholer, er kannte den Lehrer und wusste, dass er den Spitznamen *Negerlein* hatte.

Ich wundere mich heute noch über *Negerleins* Reaktion. Er ging nicht auf Klaus' Zwischenruf ein, sondern bat uns, nachdem wir uns beruhigt hatten, freundlich, die Schulbibel aus unserer Tasche zu holen und die Seite dreißig aufzuschlagen. Wir gehorchten willig. Dann sagte er noch einmal: „Guten Morgen, Kinder!"

„Guten Morgen, Herr *Negerlein*", riefen wir im Chor.

„Das ist ein Missverständnis. Mein Name ist Dr. Hanscheidt. Lasst uns nun bitte anfangen zu arbeiten!"

Wir hatten uns inzwischen beruhigt und taten, was er von uns verlangte.

Negerleins damaliges Alter schätze ich heute auf Mitte vierzig. Er war etwa eins siebzig groß und sehr korpulent. Sein Gang erinnerte an eine watschelnde Ente, dabei schlackerten seine Arme an den Hüften. Aber warum hatte er diesen Spitznamen? Ganz einfach. Er war, so lange ich ihn kannte, eine schwarze Erscheinung. Alles war schwarz, sein Anzug, Hemd und Krawatte, seine Schuhe und Strümpfe, selbst der Hut. Nur sein knallrotes Gesicht, der weiße aufgesetzte Hemdkragen und die Hände hoben sich ab.

Wie ich später erfahren habe, war *Negerlein* ein Pater, der auch Messen feierte. In der Schule trug er die übliche Uniform eines von der Kirche abgeordneten Religionslehrers, die ihn wegen seiner Figur so lächerlich erscheinen ließ.

Heute, wo man Wörter wie Neger, Zigeuner oder Fräulein nicht mehr benutzen soll, kämen Schüler vielleicht nicht mehr auf die Idee, ihren Lehrer *Negerlein* zu nennen. Kabarettisten empfehlen Formulierungen wie *dunkelfarbiges Männchen mit Migrationshintergrund*.

Negerlein war für uns ein freundlicher, liebenswürdiger älterer Herr, der immer gut gelaunt war und nie schrie, wenn wir ihm durch Undiszipliniertheit das Leben schwer machten. Unsere kleinen Streiche bekam er meist nicht mit, wenn beispielsweise ein Junge mit *Negerleins* Hut auf dem Kopf hinter ihm durch den Klassenraum herlief und Faxen machte.

Bei der Zeugnisnotenbildung hatte er folgendes Muster entwickelt. Wer sich meldete und am Unterricht mitarbeitete, das heißt, die angefangenen Sätze seiner Vorträge zu Ende formulieren konnte, bekam eine Eins. Wer nur still auf seinem Platz saß, bekam eine Zwei, Störenfriede erhielten eine Drei.

Heute ist es sicherlich schwieriger, schlechte Noten zu vermeiden. Aber einen Joker haben diese Schüler, den wir nicht hatten und auch nicht brauchten. Der heutige Schüler droht dem Lehrer an, sich vom Religionsunterricht abzumelden.

In der Untertertia bekamen wir den Religionslehrer Hutmacher, der sich in vielfacher Hinsicht von seinem Vorgänger unterschied. Durch seinen autoritären Unterrichtsstil sorgte er für Ruhe im Klassenraum. Jeder war jetzt gezwungen, seinen Monologen zu lauschen. Ein Unterrichtsgespräch zwischen Lehrer und Schüler gab es nicht. Hutmacher diktierte religiöse Geschichten in unser Schulheft und fragte den Inhalt in der darauffolgenden Unterrichtsstunde ab. Wehe, man hatte nicht gelernt! Dann gab es eine Fünf.

Der Unterricht begann jedes Mal mit der gleichen Zeremonie. Hutmacher betrat den Klassenraum, ein hagerer Hüne in grauem Mantel und Anzug, weißem Hemd mit grauer Krawatte, den grauen Humphrey-Bogart-Hut noch auf dem Kopf. Er wirkte auf uns wie ein *Sensenmann*, wie *Gevatter Tod* persönlich, wenn er mit seinem zerknitterten, ernsten Gesicht so dastand. Wir erhoben uns von unseren Sitzplätzen und stellten uns in den Gang zwischen den parallel aufgestellten Doppeltischen, während er seinen langen Mantel und den Hut an den Kartenständer hängte und zu uns sagte: „Guten Morgen! Lasst uns beten!"

Diese Zeremonie fand ich immer so komisch, dass ich einmal bei dieser Gelegenheit, als ich den Hut erst auf dem Kopf des spindeldürren Lehrers, dann auf dem Ständer sah, meinen vorlauten Mund nicht halten konnte und zu meinem Nachbarn Horst leise sagte: „Siehst du den Hut dort auf der Stange?"

Der arme Junge bekam einen Lachanfall und wurde von Hutmacher aus dem Klassenraum geschickt. Später erzählte mir Horst: „Ich musste an den Gessler-Hut in Schillers Wilhelm Tell denken."

„Das war auch meine Absicht." Prompt erntete ich von Horst eine Kopfnuss.

Nach der Begrüßung des Lehrers, die wir mit „Guten Morgen, Herr Studienrat!" beantworteten, mussten wir beten. Hutmacher stand dabei stocksteif und kerzengerade, als hätte er einen Besenstiel verschluckt, neben dem Lehrerpult und sprach mit. Dabei war seine Stimme unüberhörbar. Er begann jeden Satz in der Tonhöhe einer Eunuchenstimme. Dann wurde seine Stimme immer tiefer, bis sie am Ende des Satzes wie bei einem Brummbär verstummte.

Diese Sprechmethode wandte er bei vielen Gelegenheiten an, so auch bei der, die ich hier schildern möchte.

Hutmacher saß auf der Schreibfläche eines leeren Schülertisches in der ersten Reihe, direkt vor mir, und blickte in die Klasse. Er hielt einen seiner Monologe, die uns damals als unsäglich erschienen. Wir sollten mitschreiben. Ich sprach beim Schreiben den Text laut vor mich hin, wiederholte also das gerade Gesagte. Als Hutmacher nach einer Weile gerade einen seiner Lieblingssätze „Da sprach Gott in seiner göttlichen Ruhe ..." zu diktieren begann, wurde ihm mein permanentes Stören zu bunt. Empört rief er: „Sag mal, Kuhrig, wenn du hier unbedingt den Hampelmann markieren willst, dann fliegst du raus. Stell dich frei in den Gang!" Hutmacher notierte etwas in seinen Lehrerkalender.

Es war mucksmäuschenstill im Raum, bis Horst unvermittelt in die Klasse rief und dabei Hutmachers Stimme imitierte: „Eine Stunde!"

„Bei Kaffee und Kuchen!", kam die prompte Antwort der Klasse wie aus einem Mund, ebenfalls in Hutmachers Tonlage.

Noch ehe unser Religionslehrer, der die Redewendung *Eine Stunde* zuvor gelegentlich in unserer Klasse benutzt hatte, um jemanden zur Strafe nachsitzen zu lassen, reagieren konnte, ertönte der Schulgong zur Pause und alle stürzten mit mir ins Freie.

Unsere Schandtat blieb ohne Folgen.

Heute erkläre ich mir diese widersprüchliche Gestalt Hutmacher so: Vielleicht waren es Ereignisse im Zweiten Weltkrieg, die er erlitten hatte und ihn 15 Jahre nach dem Krieg noch belasteten. Oder hatte er aufgrund der Nachkriegssituation keine richtige pädagogische Lehrerausbildung gehabt?

Letzteres mag wohl stimmen. Wie ich später von einem Pädagogik-Kollegen erfahren habe, hat es die erste pädagogische Lehrerausbildung, die ihren Namen verdient, erst in den Sechzigerjahren gegeben. Dem Kasernenhofstil der Vierziger- und Fünfzigerjahre war der Sozial-Integrative Unterrichtsstil gefolgt.

Beim Beten ließen Horst und ich uns öfter kleine „Heldentaten" einfallen. Statt den Text des Gebetes wie alle anderen mitzusprechen, sangen wir leise Paulchen Kuhns Schlager: „Es gibt kein Bier auf Hawaii, es gibt kein Bier. Drum fahr ich nicht nach Hawaii, drum bleib ich hier …" Ein anderes Lied ging so: „Ein richt'ger Mann muss immer wie ein Tiger sein. Auf diese Weise wird er immer Sieger sein. Denn das alleine ist der ganze Trick. So hat man bei allen schönen

Frauen Glück …" Das war 1960 ein großer Hit von Peter Kraus.

Erwischt wurden wir nie bei dieser Sabotage. Lediglich die Mitschüler in unserer unmittelbaren Umgebung bekamen den Unfug mit und mussten lachen. Daraufhin unterbrach Hutmacher das Gebet.

Ich hatte als Dreizehnjähriger den Eindruck, dass Hutmacher nach meinem Verständnis völlig humorlos war. Als ich ihn mal scherzhafterweise fragte, ob Gott der Sohn eines Großvaters von Jesus sei, verwies er mich des Klassenzimmers. Für ihn klang meine Frage wie eine Gotteslästerung.

Negerlein hatte zwei Jahre zuvor auf die gleiche Frage ganz anders reagiert. Er hatte geschmunzelt und mich gefragt: „Wie kommst du darauf?"

Ich antwortete: „Wenn Gott immer von Ihnen Gott-Vater, also Jesus' Vater, genannt wird, dann müsste er doch ein Sohn eines Großvaters oder ein Enkel eines Urgroßvaters von Jesus …"

„Jetzt ist es aber gut, Kuhrig. Setzt dich bitte!", unterbrach er mich, lächelte und deutete mit der rechten Hand an, dass ich Platz nehmen sollte. Dann wandte er sich wieder der Klasse zu und beachtete mich nicht weiter.

Heute erkläre ich mir *Negerleins* Abweisung so: Er hat meine Ausführungen für Spinnerei oder zumindest für deplatziert gehalten. Ob er sich an dem unpassenden Genetiv von Jesus gestoßen hat, ist eher unwahrscheinlich. Er wusste, dass ein Sextaner den Genetiv *Jesu* nicht unbedingt kannte.

Neben dem Religionsunterricht bestand für die Schüler der beiden unteren Klassen die Pflicht, alle 14 Tage mittwochs um acht vor dem Unterricht den Gottesdienst zu besuchen. Für ältere Schüler war die Teilnahme freiwillig. Die Meisten blieben fern. Die Katholiken besuchten die *heilige Messe*, die meistens von *Negerlein* zelebriert wurde. Er brauchte dafür nur seine schwarze Anzugjacke gegen ein Priesterkleid zu tauschen.

Am Aschermittwoch nach Karneval gab es in der *heiligen Messe* etwas Besonderes, das *Aschenkreuz*. Wir mussten Bankreihe für Bankreihe vor den Altar kommen und im Knien von *Negerlein* das *Aschenkreuz* empfangen. Er rieb jedem mit dem Zeigefinger in Kreuzform eine feuchte schwarze Schmiere auf die Stirn. So gezeichnet verließen wir die Kirche und wurden jedes Mal von einer Meute evangelischer Mitschüler vor dem Eingang empfangen. Die versuchten dann den ganzen Vormittag in der Schule, uns die Asche von der Stirn zu wischen.

Als Fazit des Religionsunterrichts möchte ich festhalten: Als nicht besonders gläubiger Schüler habe ich die religiösen Texte, die nicht diskutiert, sondern nur auswendig gelernt wurden, für unwichtig gehalten. Mir hat ein solcher Unterricht keinen erkennbaren Lernerfolg gebracht.

Wääch jetzt noch einmol locht, dääch fliegt raus
Latein

Mein erster Lateinlehrer Barth war der Geschichtslehrer, der uns Schülern die Edgar-Allen-Poe-Geschichte als eigenes Kriegserlebnis hatte verkaufen wollen.

Er war streng, vor allem in der Notengebung. Das sollte ich zu spüren bekommen, als ich mein erstes Zeugnis am Gymnasium vom Klassenlehrer Stamm in die Hand gedrückt bekam. *Lateinisch: mangelhaft.* Ich war fassungslos, verstand die Welt nicht mehr. Hatte ich doch in den Klassenarbeiten von ihm die Noten *fünf, zwei, drei, fünf, fünf* bekommen. Mit *ausreichend* hatte ich fest gerechnet, was auch der Durchschnittsnote entsprochen hätte.

In der ersten Stunde des neuen Halbjahres traute ich mich, Barth zur Rede zu stellen: „Warum habe ich eine Fünf bekommen?"

„Die drei Fünfen in den Klassenarbeiten", antwortete er in freundlichem Ton, „waren ausschlaggebend."

„Und meine Mitarbeit?"

„An der hat es nicht gelegen."

„Dann bin ich nicht einverstanden", sagte ich enttäuscht.

Er zuckte nur mit den Achseln.

Ich drehte mich auf dem Absatz um und schlich mit gesenktem Haupt Richtung Pausenhof.

Empfindlich, wie ich als kleiner Sextaner war, reagierte ich auf die Zeugnisnote so, dass mich der Lateinunterricht nicht mehr sonderlich interessierte, bis ich im nächsten Schuljahr einen neuen Lehrer bekam.

Herrn Barth, der Latein nur nebenamtlich unterrichtete, bekam ich in der Mittelstufe als Sportlehrer. Da hatten wir nichts zu lachen. Er fasste den Unterricht als militärische Veranstaltung auf und ließ uns öfter tausend Meter um den

Schlossweiher marschieren und dabei Volks- und Marschlieder singen. Als wir einmal aus voller Kehle *Oh du schöner Westerwald* ... singen mussten und mein Klassenkamerad Freddy, nicht der Schlagersänger, falsch sang, ohrfeigte ihn Barth zornig mit hochrotem Kopf.

Ein Spaziergänger monierte das aufs Heftigste: „Das können Sie doch nicht machen! Wer sind Sie?"

Barth ignorierte den Mann.

Freddy strich mit der Hand über sein knallrotes Ohr. Dann versuchte er sich zu rechtfertigen: „Ich kann nicht singen."

Barth erbost: „Unfug! Jeder kann singen."

„Fragen Sie doch meinen Musiklehrer!", widersprach Freddy.

„Werd ja nicht frech!", zischte Barth. Dann befahl er in barschem Militärton: „Weiterlaufen!"

Jahre später, als ich als Student Mathematik und Physik an meiner alten Schule unterrichtete, war Barth als Schulleiter des Gymnasiums mein Chef. Ich verstand mich gut mit ihm, musste allerdings oft insgeheim über sein militärisch anmutendes Gehabe schmunzeln. Ich erlebte einmal, wie er in seinem Amtszimmer mit seinem Chef telefonierte und dabei die freie Hand an die Hosennaht hielt. Als ihm von seiner Behörde die erste Lehrerin für seine Schule angekündigt wurde, tönte er in der Lehrerkonferenz vor versammeltem Kollegium: „Ich fordere einen Lehrer für unsere Schule an. Und was machen die? Die schicken mir eine Frau."

Viele meiner Mitschüler erhielten aber auch gute Zeugnisnoten für schlechte oder nicht erbrachte Leistungen. Zum Beispiel im Fach Kunst. *Jumbo* nannten wir unseren langjährigen Kunstlehrer. Er hatte diesen Spitznamen, weil er, wie er uns einmal erzählte, als junger Mann beim Versuch, eine Straße zu überqueren, zwischen zwei entgegengesetzt fahrende Straßenbahnen geraten und dabei verletzt worden war. Zurückgeblieben waren eine merkwürdige Körperhaltung und eine Stimme, die uns, warum auch immer, an einen Elefanten erinnerte.

Jumbo kündigte uns stets vor dem Zeugnistermin an, dass wir eine Woche später alle unsere Arbeiten vorweisen sollten, die wir im Unterricht oder als Hausarbeit angefertigt hatten. Einige Klassenkameraden hatten aber nichts vorzuweisen. Sie warteten, bis Mitschüler kontrolliert worden waren, die soeben eine Eins bekommen hatten, und liehen sich dann von denen die bereits beurteilten Arbeiten aus, um sie *Jumbo* ein paar Minuten später erneut vorzulegen. Unser Kunstlehrer bemerkte diesen Betrug nie. Interessant ist, dass es fast immer verschiedene Noten für ein und die selbe Arbeit gab.

Der neue Lateinlehrer in der Quinta hieß Müller. Er war der komische Kauz mit der röchelnden Stimme, den ich bereits vorgestellt habe. Sein Gang war der eines alten Mannes, obwohl er erst Mitte fünfzig war. Wenn er ins Klassenzimmer kam, schlurfte er in seinem ewig braunen, unmodernen Anzug, dem beigefarbenen Hemd mit schwarz-braun gemusterter Krawatte zum Lehrertisch. Sein Oberkörper war leicht nach vorn gebeugt, die Krawatte stand etwas vor, von einer silberfarbigen Nadel gehalten. Unter den linken Arm hatte er stets eine alte braune Aktentasche geklemmt. Am Pult angekommen, packte er immer zuerst sein abgegriffenes Lateinbuch, das grüne Notenheft und einen Bleistift auf den Tisch. Da ich in der ersten Reihe saß, konnte ich sehen, dass er außerdem eine Brotdose aus Aluminium in der Ledertasche hatte.

Wir lernten bei ihm zwei Jahre lang, und es verging nicht eine Minute, in der nicht wenigstens ein Schüler im Unterricht laut über ihn lachte oder wenigstens kicherte. Häufig wieherte die ganze Klasse. Müller fiel nichts Besseres ein, als jedes Mal laut zu brüllen: „Wer jetzt noch einmal lacht, der fliegt raus!" Bei ihm klang das allerdings so: „Wääch jetzt noch einmol locht, dääch fliegt raus!"

Eine komische Situation, die ich nicht vergessen kann, führte Müller herbei, als er mal als Vertretungslehrer für einen erkrankten Religionslehrer in unsere Klasse kam. Meine katholischen Mitschüler und die aus einer Parallelklasse bildeten die Lerngruppe und wir befanden uns im Klassenraum der anderen Klasse. Warum in dieser Stunde nicht genügend Sitzgelegenheiten für alle vorhanden waren, weiß ich nicht mehr. Jedenfalls hatte Freddy keinen Stuhl. Noch bevor Müller den Raum betrat, nahm Freddy den Abfalleimer, der rechts neben der Tafel stand, drehte ihn um und setzte sich drauf.

Müller kam durch die Tür, ein Schüler der ersten Reihe schloss sie. Im gleichen Augenblick standen alle auf und riefen gut gelaunt: „Guten Morgen, Herr Studienrat!"

„Bitte setzen!", krächzte Müller, lächelte und machte dazu Handbewegungen wie ein stehendes Känguru. Alle setzten sich, auch Freddy. Er nahm auf dem Abfalleimer Platz.

Einen Augenblick lang war es ruhig im Klassenzimmer. Alle waren gespannt, was Müller mit uns vorhatte. Er könnte wohl keinen Lateinunterricht mit uns machen, dachte ich, weil er doch keine homogene Gruppe vor sich hatte.

Ob er Freddy auf dem Papierkorb schon entdeckt hatte?, dachte ich, als es geschah. Ich hörte plötzlich Klopfgeräusche, die aus dem vorderen Teil des Klassenraums zu vernehmen waren. Es klang so, als wenn jemand auf eine Buschtrommel schlug.

„Wääch hot hiech bumm bumm gemocht?", schrie Müller, wie von der Tarantel gestochen, und lief mit vorgebeugtem Oberkörper durchs Klassenzimmer und drehte seinen Kopf unentwegt hin und her.

Schweigen.

„Ich wiedechhole. Wääch hot hiech bumm bumm gemocht?", röchelte Müller erneut. „Melldung, Melldung! Ich will Fingech sään!"

Keine Antwort. Niemand meldete sich.

Müller stand inzwischen wieder vor der Tafel und sah in unsere Gesichter. Dann drehte er sich um und bemerkte Freddy auf dem Abfalleimer. „Host du bumm bumm gemocht?"

Freddy rührte sich nicht.

„Stäh auf, wenn ich mit diech räde!"

Freddy erhob sich, senkte seinen Blick zu Boden und flüsterte nach einer Weile: „Ja, ich war es."

„Raus!", brüllte Müller, und zur Klasse gewandt drohte er mit ausgestrecktem Zeigefinger der rechten Hand: „Jetzt wird Untechricht gemocht! Nicht waach, nicht!"

Freddy verließ gesenkten Hauptes das Klassenzimmer, nicht ohne mir einen verschmitzten Blick zuzuwerfen, aber so, dass Müller es nicht sehen konnte. Er musste den Rest der Stunde vor der Tür verbringen.

Ein Schüler namens Schwarzer aus der Parallelklasse fing an zu kichern.

„Schwachzech, raus!", rief Müller erzürnt und wies mit der Hand zur Tür.

Schwarzer verließ den Raum. Dabei kicherte er immer noch leise.

Müller fuhr mit dem Unterricht fort, als wäre nichts geschehen. Die Geschichte hatte kein Nachspiel.

Natürlich wurde auch richtiger Unterricht gemacht und wir mochten Müller und seine kauzige Art, vor allem wegen der Aussprache.

„Quottere, quottiou, quossi. – Wos lochst du so blöde?", brüllte er mich einmal an, noch bevor ich lachen konnte.

„Percuttere, percuttiou, percussi. – Loch nicht so blöd!", musste Horst über sich ergehen lassen.

Kabarettreif war eine längere Szene im siebten Schuljahr, ein Dialog zwischen Müller und Krawitzki, dem Schüler, der schon zum dritten Mal eine Klassenstufe wiederholte.

Müller kontrollierte die Hausaufgaben. Krawitzki war an der Reihe. „Hast du das Häfft deinech Muttech gezeugt?", fragte er in ruhigem Ton und sah dabei Krawitzki an.

Krawitzki stand auf. „Ja", antwortete er leise mit gesenktem Kopf.

Man hätte eine Stecknadel zu Boden fallen hören, so still war es.

Müller ging unruhig auf und ab. Man hörte nur die Dielen knarren. Plötzlich schrie er: „Löge nicht!"

Wieder Stille. Niemand rührte sich. Krawitzki zitterte und sah weiter zu Boden.

Müller triumphierend: „Du lögst! Ich hobe eben mit deinech Muttech gesprochen. Sie hott dein Häfft nicht gesään. Wos sogst du dozu?"

Schweigen.

„Wiech woren frühech auch monchmol in der Bredoje. Nicht waach, nicht!" Und nun mit erhobenem Zeigefinger: „Abech gelogen hoben wiech nicht!"

So ging es noch eine Weile weiter. Müller wandte sich schließlich wieder der ganzen Klasse zu. Krawitzki war den Tränen nahe und schluchzte leise bis zum Ende der Stunde. Für Müller war das Strafe genug. Er kümmerte sich an diesem Tag nicht mehr um den eingeschüchterten Jungen.

Im achten Schuljahr gab es einen Vorfall während einer Lateinarbeit, den ich nie vergessen werde. Die Klasse brütete über ihrer Übersetzung aus dem Lateinischen ins Deutsche, Müller schlurfte mit vorgebeugtem Oberkörper unruhig durch die Gänge zwischen den Tischreihen. An seine Art, uns während der Klassenarbeit über die Schulter zu sehen, hatten wir uns längst gewöhnt. Es störte uns kaum. Aber an diesem Tag geschah etwas Unerwartetes.

Ich bemerkte trotz meiner Konzentration auf den Text, dass Müller meinem Banknachbarn Horst über die Schulter blinzelte und eine Weile verharrte. Plötzlich entriss er Horst das Klassenarbeitsheft und schrie aus Leibeskräften: „Ich konn diesen Fliegenschiss nicht sähn!" Dabei riss er ein paar Blätter aus dem Heft, die Horst gerade beschrieben hatte.

Warum hat er das getan? Ich drehte mich vorsichtig um und schielte zu meinen Klassenkameraden. Alle sahen erstaunt zu Horst herüber. Der starrte mit offenem Mund und knallroter Stirn zu Müller hinüber.

Müller gab Horst das ramponierte Heft zurück und forderte ihn auf weiterzuschreiben. Bis zum Ende der Arbeit wurde ansonsten kein Wort gesprochen.

Nachdem alle Hefte eingesammelt waren und der Lehrer sie in seiner Ledertasche verstaut hatte, sah ich, dass Horst mit Müller sprach. Dabei hatte mein Banknachbar Tränen in den Augen und schluchzte. Dann verlies Müller den Klassenraum. Wir stürzten uns alle auf Horst und umringen ihn.

„Was war los? Warum hat er dir das Heft weggenommen? Was meinte er mit Fliegenschiss?"

Horst immer noch schluchzend: „Ich hatte bei Wortwiederholungen, die untereinander standen, Strichelchen gemacht. Das kann er nicht leiden. Das nennt er Fliegenschiss."

„Bist du denn überhaupt fertig geworden? Er hat dir doch ein paar Seiten zerrissen."

„Nein. Das war nicht mehr zu schaffen", war alles, was wir noch von Horst erfahren konnten. Dann beugte er seinen Oberkörper über die Schultischplatte und verdeckte sein Gesicht hinter den Händen.

Müllers pädagogische Fähigkeiten konnten wir damals nicht beurteilen. Er ließ uns lateinische Vokabeln lernen und fragte sie später ab. Als Hausaufgabe mussten ferner lateinische Texte ins Deutsche übersetzt werden und umgekehrt. Im Unterricht wurde alles ausführlich besprochen, Fehler wurden korrigiert. Beim Erlernen der Grammatik gab er sich besondere Mühe, diktierte oft auch Merkregeln wie: „Unus, solus, totus ullus, uter, alter, neuter, nullus und uterque haben alle ius in dem zweiten Falle und im Dativ enden sie wie alius mit langem i."

Einmal musste ich den Spruch aufsagen. Ich sang ihn nach der Melodie des damals aktuellen Schlagers *Alle Mädchen wollen küssen*. Ich erntete von der Klasse tosenden Beifall, Müller schmunzelte nur und sagte schließlich: „Kuhrig, ab!" Das sollte heißen: *Setz dich!*

Er war im Grunde nicht nachtragend, immer freundlich zu uns, auch nachdem er mit uns geschimpft hatte, wenn wir über seine Aussprache gelacht hatten. Warum er einen so rauen, heiseren, ja röchelnden Tonfall in der Stimme hatte, haben wir nie herausgefunden. Wir wussten lediglich, dass er aus Hessen stammte. Aber wir glaubten nicht, dass man dort so sprach wie er. Wir waren der Meinung, dass man in Hessen babbelte wie die Darsteller in der damals bekannten Fernsehserie *Die Firma Hesselbach*.

Im achten Schuljahr bekamen wir einen neuen Lateinlehrer. Herr Barotte war ein Pedant in höchster Vollendung. Schon sein äußeres Erscheinen ließ erkennen, dass er von uns Respekt erwartete. Er war für uns ein älterer Herr über Fünfzig, stets modisch gekleidet in einem hellen oder grauen Anzug mit weißem Hemd. Das Besondere aber waren seine vielen farbigen Fliegen, die er im Wechsel am Hemdkragen trug. Krawatten sahen wir bei ihm nie. Zudem erschien er immer stark parfümiert, so stark, dass wir uns davor ekelten. Wir versuchten stets Abstand zu halten, was im Klassenzimmer nicht immer möglich war.

Im Unterricht fragte er unentwegt lateinische Vokabeln ab. Jeder hatte Angst, sein Opfer zu sein.

Einmal fragte er mich: „Was heißt *et*?"

„*Und*", antwortete ich.

„Falsch! Grundbedeutung!"

Meine Mitschüler sahen sich gegenseitig an. Einige schüttelten den Kopf.

„*Und*", beharrte ich. Meine Mitschüler nickten.

„Quatsch – *Auch*!" kam prompt die belehrende Antwort.

Wie ich später von einem Romanisten erfahren habe, hatte Barotte recht. Trotzdem wird kaum jemand *et* mit *auch* übersetzen, höchstens *et ... et* mit *sowohl ... als auch*.

Im zehnten und elften Schuljahr, 1963 und 1964, hatten wir unseren letzten Lateinlehrer, Herrn Stromann. Er war ein junger Pädagoge, Ende Zwanzig, schlank und sehr sympathisch. Auch er trug stets einen Anzug, meist in grauer Farbe, dazu ein weißes Hemd mit grauer Krawatte. Seine aus unserer Sicht triste äußere Erscheinung wurde durch seine leichtfüßige Gangart aufgewertet. Dadurch wirkte er so, als wäre er nicht viel älter als wir.

Aber er war nicht streng genug. Daher bemühten wir uns zu wenig, lateinische Texte ins Deutsche zu übersetzen. Wir hatten große Schwächen, beherrschten die Grammatik und auch den Grundwortschatz nur lückenhaft.

Etwa die Hälfte der Klasse bekam am Halbjahresende in der Regel die Note *ausreichend*. Das reichte am Schluss für das *Große Latinum*.

Die Schüler mit den besseren Noten hatten sich Tricks überlegt, wie sie den guten Stromann täuschen konnten.

Bei den Klassenarbeiten gingen einige folgendermaßen vor. Sie versahen das Taschenbuch, das die lateinische Lektüre für die Arbeit enthielt, mit einem auffälligen bunten Umschlag. Den gleichen Umschlag verwendeten sie bei dem Buch, das die deutsche Übersetzung enthielt, dasselbe äußere Format hatte und auf keinen Fall bei der Arbeit benutzt werden durfte. Stromann merkte nicht, dass diese Jungen während der Klassenarbeit mit der Übersetzung arbeiteten. Sie schrieben den ins Deutsche übersetzten Text einfach ab, änderten nur manche Formulierungen geringfügig.

Bei mündlichen Prüfungen, die aus Vokabeln abfragen und Übersetzungen bestanden, setzte sich Stromann auf einen leeren Schülertisch, den er vorher hatte räumen lassen, und sah seinem Prüfling direkt in die Augen. Er bemerkte dann nicht, wenn hinter seinem Rücken ein anderer Schüler das Vokabelbuch oder den Übersetzungstext hochhielt, sodass der Prüfling über Stromanns Schulter sehen und alles ablesen konnte.

Schüler, die diese beiden Tricks anwandten und eine Zwei oder Drei erreichten, vertrauten mir nach dem Abitur an:

„Du hast eine Vier in Latein gehabt, ohne zu mogeln. Wir hätten das nie geschafft."

Es gibt kein Ende – es geht nicht weiter
Mathematik

Es war von Anfang an mein Lieblingsfach. Bis zum Abitur war ich in keinem Unterricht so erfolgreich wie in Mathematik.

Mein erster Mathelehrer in der Sexta war ein Biologe. Er war der bereits erwähnte Herr Stamm und hatte den Spitznamen Krambambuli. Warum ihn alle Krambambuli nannten, ist mir bis heute nicht klar. Vermutlich stammte dieser Name von einem Getränk oder Hund ab, die eine wichtige Rolle in der gleichnamigen Erzählung von Maria von Ebner-Eschenbach spielten. Die Geschichte wurde auch mehrfach erfolgreich verfilmt.

Dass er Mathematik fachfremd unterrichtete, davon wusste die Klasse nichts; es hätte auch niemanden in unserem Alter interessiert. Er trug fast immer einen grau-blauen Anzug mit klein kariertem Muster und ein weißes Hemd, dazu eine graue Krawatte. Er war gleichzeitig unser Klassenlehrer, mit dem wir unsere ersten Klassenfahrten nach Dabringhausen und Altenkirchen machten. Dort wohnten wir jeweils fünf Tage in einer Jugendherberge. Mit seinem Unterricht war ich sehr zufrieden, nicht jedoch mit einer Begebenheit während einer Klassenfahrt, als er es bei einem Spiel zuließ, dass Klassenkameraden mir einen Löffel voll Waschpulver in den Mund schütteten, während ich die Augen verbunden hatte. Damit hatte ich gar nicht gerechnet, denn ich war nicht der Typ, auf den man herumhackte. Nachdem Stamm mir den Rat gegeben hatte, den Mund mit Wasser auszuspülen und ich das auch getan hatte, war ich restlos sauer. Vor lauter Schaum konnte ich kaum noch atmen.

Aus heutiger Sicht finde ich Stamms Handeln unverantwortlich. Als Biologielehrer hätte er wissen müssen, dass das Spiel für mich gesundheitsgefährdend hätte enden können.

Ein Jahr später brachte uns Studienrat Krater das Rechnen bei. Er war eigentlich Sportlehrer und verstand unter Schulsport ausschließlich Fußballspielen. Immer wenn die Außentemperaturen über null Gad waren und es nicht regnete, mussten wir bis zu neunzig Minuten Fußball spielen. „Wer ist heute Schiedsrichter?", war stets seine erste Frage auf dem Sportplatz im Schlosspark. Dann machte er sich im Trainingsanzug auf zu einem Spaziergang durch die Grünanlage, kam aber immer pünktlich zurück, um uns die Umkleidekabine aufzuschließen.

Sein Mathematikunterricht gefiel mir nicht, weil er undeutlich sprach, ja, nuschelte. Mein schlimmstes Erlebnis war jedoch eine Vier in einer Mathematikarbeit, die ich bekam, weil ich drei von acht Bruchrechen-Aufgaben nicht bearbeitet hatte. Diese waren, wie ich später erfuhr, auf die Rückseite der Klapptafel geschrieben worden. Dass die Tafel während der Arbeit von ihm umgedreht worden war, hatte ich nicht bemerkt.

Was nicht nur mir, sondern den meisten Schülern gefiel, war sein Unterrichtsbeginn. Er betrat den Klassenraum immer gut gelaunt in einem grau gemusterten Anzug, der, obwohl er eine korpulente Figur hatte, aussah, als wenn er zwei Nummern zu groß wäre. Zu Jacke und Hose passten sein weißes Hemd mit einfarbiger Krawatte und der schwarze Hut. Nachdem er den Hut auf sein Pult gelegt hatte, fragte er jedes Mal, ob jemand einen neuen Witz erzählen könnte. Das war meistens der Fall. Es meldeten sich dann viele. Nach etwa zehn Minuten erzählte auch er uns noch einen Witz, den wir nicht kannten, ehe er mit dem Mathematikunterricht begann.

Der Mathelehrer Schaffner in der Quarta war ein Quälgeist. Wer unsauber schrieb, hatte es bei ihm schwer. Er hatte das ganze Jahr über Alfred auf dem Kieker, weil dessen Handschrift sich verändert hatte. Er schrieb fast unleserlich.

„Was ist drei mal zwanzig plus vier mal zehn?", fragte er einmal Alfred, nur um von ihm zu hören: „Hundert!"

„Kenn ich nicht!", brüllte der Lehrer zurück.

Wir Klassenkameraden sahen uns gegenseitig verwundert an. Keiner traute sich zu widersprechen. Alfred zuckte mit den Achseln. Dann schloss er die Augen und bedeckte sie mit der linken Hand, als wollte er damit ausdrücken: Was soll dieser Unsinn?

„Steh auf, wenn ich mit dir rede!", raunzte Schaffner.

„Wenn es der Wahrheitsfindung dient", murmelte Alfred, stand auf und hielt die Hände an die Hosennaht.

Schaffner hatte die Bemerkung offensichtlich überhört, denn er belehrte ihn: „Das heißt einhundert."

„Das ist doch das Gleiche", meinte Alfred gelangweilt und fragte, ob er sich wieder setzen dürfte.

„Hundert gibt es nicht. Es heißt einhundert", fauchte Schaffner. „Setzen!"

Dass er Alfred nicht mochte, erlebten wir öfter in den Regenpausen, wenn wir nicht auf den Schulhof mussten. Mehrmals in diesem Schuljahr kam der Quälgeist als Aufsicht führender Lehrer dann in unser Klassenzimmer in einer der Baracken geschlichen und stellte sich vor Alfred, der auf seiner Schulbank saß. „Steh auf, wenn ich mit dir rede!", brüllte er ihn gewohnheitsmäßig an.

Alfred stand nicht auf, sondern sah Schaffner wütend ins Gesicht. Nach einem kurzen Wortgefecht, dem ich akustisch nicht folgen konnte, verließ Schaffner fluchtartig mit hochrotem Kopf das Klassenzimmer. Alfred rief mir kurz danach zu: „Der Mann ist krank."

Von solchen Spielchen blieb ich verschont, hatte ich auf dem Zeugnis doch immer eine Eins in Handschrift.

Der nächste Mathelehrer hieß Von der Ruhe oder so ähnlich. Er war schon älter, vielleicht Anfang sechzig, trug eine altmodische Kleidung, die an Humphrey Bogart aus den

Filmen der Dreißiger- und Vierzigerjahren erinnerte. Das Besondere an ihm war, dass er komisch sprach. Wir mussten oft lachen, allen voran Horst und ich.

„Schäscheuchschinn!" war seine tägliche Begrüßungsformel. „Schäschischinn" sagte er stets, wenn ein Schüler einen mündlichen Beitrag zum Unterricht geleistet hatte und sich hinsetzen sollte. Damals war es üblich, dass ein Schüler immer aufstand, wenn er mit dem Lehrer sprach.

Einen für mich peinlichen Vorfall werde ich ein Leben lang nicht vergessen. Die Sache hatte eine Vorgeschichte.

Im achten Schuljahr hatten wir unseren Klassenraum im Hauptgebäude, in der Mitte der Rundung des östlichen Schlossflügels. Mein Sitzplatz war an einem der drei großen Fenster. Es war Ende Juni und ziemlich heiß. Die Fenster waren geöffnet. Albern wie ich in diesem Alter war, hielt ich meinen linken Arm mit geöffneter Hand ins Freie. Dabei konzentrierte ich mich trotzdem auf den Unterricht und sah geradeaus zur Tafel. Plötzlich spürte ich etwas in meiner Hand. Ich zog den Arm zurück und stellte fest, dass mir jemand ein Fünfzigpfennigstück in die hohle Hand gelegt hatte. Prima, dachte ich, so machen es die Bettler auch.

Am nächsten Morgen, etwa um zehn Uhr, versuchte ich mein Glück erneut. Aber diesmal bekam ich kein Geld, jemand gab mir die Hand. Ich erschrak und blickte ruckartig nach draußen. Es war ein Mädchen in meinem Alter.

„Wieso hast du Zeit, im Park spazieren zu gehen? Hast du keine Schule?", flüsterte ich mit vorgehaltener Hand. Dabei achtete ich darauf, dass der Lehrer, der vor der Tafel einen Monolog hielt, mich nicht erwischte.

„Ich habe Ferien, ich bin aus Worms", flüsterte sie ebenfalls und lächelte.

Das Mädchen gefiel mir. „Kommst du morgen wieder?", fragte ich leise.

Sie nickte, winkte mir ein paarmal zu, und ich sah, wie sie zum Weiher ging, um die Enten zu füttern. Ich konnte sie noch eine Zeit lang beobachten und dachte an sie, bis mich mein Lehrer etwas fragte. Ich bat um Entschuldigung, weil ich einen Moment nicht aufgepasst hatte. Im gleichen Augenblick ertönte der Pausengong. Glück gehabt!

Am nächsten Vormittag kam sie wieder ans Fenster. Ich zückte schnell meine Kamera, die ich absichtlich mitgebracht hatte, und fotografierte sie während des Unterrichts. Vorsorglich hatte ich einen der großen Fensterflügel so positioniert, dass der Lehrer mich nicht beobachten konnte.

„Heute muss ich zurück nach Worms. Um halb zwei bin ich am Bahnhof", flüsterte sie und lief winkend davon. Ich wusste nicht einmal ihren Namen.

Da ich nur bis zehn nach eins Schule hatte, nahm ich mir vor, sie am Bahnhof zu treffen.

In der letzten Stunde hatten wir bei Von der Ruhe Mathematik. An das Unterrichtsthema kann ich mich nicht mehr erinnern, nur daran, dass ich die ganze Zeit sehnsüchtig auf den Schulgong wartete. In der letzten Minute fragte der Lehrer mich etwas. Nachdem ich die richtige Antwort gegeben hatte, sagte er: „Schäschischinn!"

Anstatt mich zu setzen, machte ich einen großen Fehler, indem ich zu ihm sagte: „Sie sagen immer Schäschischinn und Schäscheuschinn. Sind Sie eigentlich Tscheche?"

Das war wohl eine unverschämte Frage von mir. So kann man als Schüler nicht mit seinem Lehrer sprechen, muss ich heute gestehen. Damals war mir das nicht bewusst.

Seine Miene verfinsterte sich, und er sah mich streng an. Nach einer kurzen Weile traf er eine für mich verhängnisvolle Entscheidung. Er ließ mich eine Stunde nachsitzen.

Um zwei Uhr durfte ich erst das Schulgebäude verlassen. Ich lief zwar noch im Eiltempo zum Bahnhof. Sie war aber nicht mehr da. Der Traum vom Wiedersehen des Wormser Mädchens war ausgeträumt.

Hatten wir bisher jedes Jahr einen neuen Mathelehrer, sollte sich das nun ändern. Herrn Kummer behielten wir bis zum Abitur in Mathematik und Physik. Das waren auch die Schwerpunktfächer in unserer Klasse, da wir einen neu eingerichteten Zweig der Schule gewählt hatten, den mathematisch-naturwissenschaftlichen.

Die Klassenkameraden, die sich mehr für geisteswissenschaftliche Fächer wie Deutsch und die Fremdsprachen interessierten, hatten es bei Kummer schwer. Sie waren mit ihren Noten nicht so recht zufrieden und wussten auch nicht, wie sie sie verbessern konnten. Mir fiel das Lernen leicht, weil ich an den beiden Fächern sehr interessiert war.

Oft ließ mich Kummer komplexere Aufgaben an der Tafel vorrechnen, einerseits weil ich eine gut leserliche Handschrift hatte, andererseits weil ich von der Sache etwas verstand. Wenn ich allerdings keine Lust hatte, wandte ich einen Trick an. Ich löste Aufgaben von hinten nach vorn, schrieb sie rückwärts, mit dem Ergebnis beginnend, an die Tafel, bis ich beim Anfang, dem Ausgangspunkt der Aufgabenstellung, angekommen war. Bei der Vollständigen Induktion zum Beispiel fand ich das sehr einfach. Da die meisten Mitschüler meinen unkonventionellen Lösungsgang nicht verstanden, unterband Kummer meinen pädagogischen Unfug, wenn er es bemerkte: „Setzen, Kuhrig!"

Aber Kummer verhielt sich auch nicht immer konventionell. Das Folgende ist kein Scherz.

Alfred hatte im zehnten Schuljahr alle Physikarbeiten sehr gut geschrieben, in Mathematik jedoch nur Fünfen kassiert. Anstatt ihm die Zeugnisnoten eins und fünf zu geben, fragte Kummer Alfred: „Möchtest du lieber, dass sehr gut und mangelhaft auf deinem Zeugnis steht, oder möchtest du in beiden Fächern eine Drei haben?"

Alfred entschied sich für die beiden Dreien und bekam sie auch. Unglaublich, aber wahr!

Lustiger fanden wir es jedoch, wenn Kummer sich beim Erklären verhaspelte. Als er mal die periodische Zahl null Komma Periode drei erklären wollte, sagte er: „Null Komma Periode drei ist ein Drittel, es ist null Komma drei drei drei …" Bis dahin war alles richtig. Dann fügte er noch hinzu: „Es gibt kein Ende. Es geht nicht weiter."

Ich musste kichern und sah mich um. Alle blickten gelangweilt vor sich hin. Einige trommelten mit ihren Fingerspitzen auf ihrer Tischplatte. Hatte denn niemand gemerkt, dass die beiden letzten Sätze, in einem Atemzug gesprochen, sich widersprachen? Ich fand das jedenfalls sehr komisch. Kummer hatte sich vermutlich nur versprochen.

Einmal erlebten wir eine fürchterliche Panne. Es war im elften Schuljahr, der Obersekunda. Wir mussten eine Klassenarbeit über Analytische Geometrie schreiben. Während der Arbeit sah ich, wie alle zwölf Mitschüler schwitzten und rote Köpfe hatten. Einige versuchten immer wieder, beim Nachbarn abzuschreiben. Vergebens. Auch der konnte die Aufgabe nicht lösen und zuckte mit den Achseln. Zum Schluss gaben wir alle mit gemischten Gefühlen unsere Hefte ab.

Zwei Wochen später betrat unser Mathelehrer mit hochrotem Kopf, den Klassenarbeitsstapel unterm Arm, den Raum und fauchte: „Was ihr euch da geleistet habt, ist unglaublich. Fast alle Arbeiten sind fünf oder sechs. Ich wollte die Arbeit beim Schulleiter genehmigen lassen, doch der hat abgelehnt. Sie muss neu geschrieben werden."

Wir atmeten alle durch. Uns war ein Stein vom Herzen gefallen.

Dann las er bei der Rückgabe der Hefte die Noten der Schüler vor. Auch ich hatte ein schlechtes Ergebnis, das schlechteste meiner Schulzeit. Aber Gott sei Dank war es ja nicht gültig.

Alle Erklärungsversuche von unserer Seite prallten an Kummer ab. Er wollte uns nicht glauben, dass er den Stoff noch gar nicht mit uns durchgenommen hatte. Er musste etwas verwechselt haben. Zugeben wollte er das nicht. Das für uns neue Thema nahm er dann aber doch durch, als Wiederholung, wie er sich ausdrückte.

Die Ersatzarbeit fiel zu aller Zufriedenheit aus.

Heute empfinde ich ein wenig Mitleid mit Kummer. Durch sein Missgeschick hatte er sicherlich über zwanzig

Stunden Mehrarbeit wegen der zweiten Korrektur. Als ehemaliger Mathelehrer weiß ich, wie viel Zeit man benötigt, eine dreistündige Oberstufenarbeit zu korrigieren.

Das habe ich damals nicht so gesehen und immer auf eine Gelegenheit gewartet, wie ich Kummer einen Streich spielen könnte. Noch im gleichen Jahr war es soweit.

Nachdem wir in Kummers Physikunterricht das Thema *Elektromagnetische Wellen* abgeschlossen hatten, baute ich mir mit einfachen Mitteln einen kleinen UKW-Sender mit Mikrofon. Dass es vom Gesetz her nicht erlaubt war, störte mich damals nicht. Der Sender funktionierte in einem Umkreis von einem Kilometer. Am häufigsten sendete ich eines meiner damaligen Lieblingslieder von Manuela, *Hey Boy, lass doch den Whisky*. Leider störte der Sender beim Betrieb den Fernsehempfang, sodass ich ihn nach kurzer Zeit nicht mehr benutzte.

Um Kummer einen Streich zu spielen, brachte ich ihn eines Tages mit zur Schule. Ich gab ihn Rudi aus der Parallelklasse, der ihn während seiner Unterrichtsstunde zu einer verabredeten Zeit einschalten sollte. In unserem Klassenraum versteckte einer meiner Mitschüler ein kleines Kofferradio, das auf den Empfang meiner Frequenz eingestellt war. Zur verabredeten Zeit ertönte plötzlich die Stimme unseres Kunstlehrers Jumbo hinter der Tafel. Kummer rannte vor der Tafel hin und her. Seinem Gesichtsausdruck konnte ich ansehen, dass er irritiert war.

„Was ist hier los?", krächzte er und sah uns ratlos an.

Wir lachten ihn aus und zeigten zur Tafel.

„Ihr Kollege ist hinter der Tafel, Herr Studienrat", riefen wir verabredungsgemäß im Chor und lachten noch lauter.

Er fand schließlich das Radio und lachte ebenfalls. Er nahm uns den Streich nicht übel, freute sich, dass wir etwas über *Elektromagnetische Wellen* gelernt hatten und klärte uns nebenbei darüber auf, dass ein solcher Radiosender illegal sei.

Heute, im Zeitalter der Smartphones käme niemand mehr auf die Idee, einen Streich mit einem selbst gebauten Radiosender zu spielen.

Ein Jahr vor dem Abitur, während unserer einwöchigen Abschlussfahrt nach Augsburg, München und ins Karwendelgebirge, bekamen wir eine zweite Gelegenheit, Kummer zu ärgern. Als wir tagsüber bei brütender Hitze auf steinigen Wanderwegen herumkraxelten, wurde ich von meinen Mitschülern noch belächelt, weil ich eine Winterjacke mit Pelzkragen mit mir herumschleppte, hatte ich doch zuvor geglaubt, dass es Ende September in den Alpen schon recht kühl sein könnte.

Noch heute lachen wir, wenn wir beim Klassentreffen das Foto herumreichen, auf dem ich mit dieser Jacke und unmittelbar neben mir Walter mit nacktem Oberkörper zu sehen sind.

Damals, noch am gleichen Abend, überlegte ich in der Karwendelhütte, wo wir übernachteten, wie wir Kummer ärgern könnten. Zunächst wollte mir nichts einfallen. Ich bestellte in der Gaststube ein Bier, obwohl der Lehrer uns verboten hatte, Alkohol zu trinken. Nachdem ich das halbe Glas getrunken hatte, nahm mir Kummer wortlos mein Glas weg und trank es mit einem Zug leer. Daraus könnte man etwas machen, dachte ich und wandte mich an drei meiner Kammeraden, denen ich meinen frisch geschmiedeten Plan unter vorgehaltener Hand schilderte.

Kurz darauf trat das ein, was ich erhofft hatte. Mehrere meiner Mitschüler bestellten hintereinander ebenfalls ein Bier. Kummer nahm es ihnen jedes Mal weg und trank es selbst aus. Am Ende war er der einzige Betrunkene, konnte sich aber noch gut auf den Beinen halten.

Wir kamen aus dem Staunen nicht heraus, hatten wir unseren Lehrer bis dahin doch als klar denkenden seriösen Mann gekannt.

Er schlurfte langsam zwischen den Tischreihen umher, klopfte jedem seiner Schüler von hinten leicht auf die Schulter und murmelte: „Du trinkst doch wohl keinen Alkohol. Das ist nicht erlaubt. Sonst zeig ich dir mal, was eine Dampfmaschine ist." Dabei hob er drohend seinen Zeigefinger und schmunzelte.

Wir fanden das so komisch, dass wir lachen mussten.

Für mich erreichte die Klassenfahrt noch einen besonderen Höhepunkt, den meine Klassenkameraden und der Lehrer gar nicht mitbekommen sollten. Am letzten Tag vor der Heimfahrt besuchten wir in München die Internationale Verkehrsausstellung. Im Anschluss daran bummelten wir noch durch die Stadt. Als wir an einem Schallplattengeschäft vorbeischlenderten, sah ich zum ersten Mal völlig unerwartet meinen großen Schwarm Manuela lebendig vor mir. Zu der Zeit stürmte sie mit *Küsse unterm Regenbogen* und *Love And Kisses* die Hitparaden und war der absolute weibliche Teenagerstar Nummer Eins in Deutschland. Wahrscheinlich gab sie eine Autogrammstunde in dem Laden. Was hätte sie sonst wohl dort tun sollen?

Als ich sie sah, blieb ich stehen und bekam einen Schweißausbruch. Ich war wie gelähmt, hatte noch nie eine derart schöne junge Frau gesehen wie sie. Ihr Gesicht faszinierte mich so sehr, dass ich alles um mich herum vergaß, heute nicht einmal mehr weiß, wie sie gekleidet war. Ich hatte sie bislang nur auf Fotos und in Fernsehauftritten gesehen. Unfähig, etwas Geeignetes zu unternehmen, trottete ich hinter meiner Gruppe her, die sich schon ein wenig entfernt hatte. Ich sah, dass Kummer sich umdrehte und mir freundlich zu verstehen gab, dass ich mich beeilen sollte.

Wahrscheinlich habe ich mich damals wegen der Gefühle für meinen Schwarm geschämt und bin deshalb, um nicht aufzufallen, eiligen Schrittes der Klasse gefolgt. Manuela aber ließ mich von da an in meinen Gedanken nicht mehr los.

Haben wir jetzt Geschichte oder Deutsch oder Philosophie
Deutsch

Von der Sexta bis zur Quarta hatten wir in jedem Schuljahr einen neuen Deutschlehrer. Wir lernten Rechtschreibung und Grammatik, Bildbeschreibung sowie Berichte und Erlebnisaufsätze schreiben.

Mir ist nichts Markantes in Erinnerung, außer dass einer der Lehrer, Dr. Hagen, der später Fachleiter für die Referendarausbildung im Fach Französisch wurde, mich einmal ungerecht behandelte. Als Hausaufgabe musste ich die Nacherzählung einer Kurzgeschichte vorbereiten und im Unterricht vortragen. Alles ging gut bis auf meine deutsche Aussprache des französischen Vornamens *Henri*. Der Lehrer unterbrach jedes Mal meinen Vortrag und korrigierte mich. Da es mir nicht gelang, seine französische Aussprache aufzugreifen, sondern den Namen immer so aussprach, wie er geschrieben wird, bekam ich für den Gesamtvortrag eine Fünf. Das fand ich ungerecht, beschwerte mich aber nicht.

Als er einmal den Klassenraum betrat, um uns die erste Klassenarbeit zurückzugeben, fuchtelte er mit ausgestrecktem linken Arm, der uns vom Geschichtsunterricht her an einen Gruß aus dem Dritten Reich erinnerte, mit gespreizten Fingern in der Luft herum und rief: „Das war nichts, meine Herren. Die meisten Arbeiten sind Fünf." Dabei hatte er den Heftstapel unter den rechten Arm geklemmt. *Meine Herren* sagte er immer, wenn er die Klasse ansprach.

Im achten Schuljahr war ich froh, dass wir einen anderen Deutschlehrer bekamen, nämlich Studienrat Tannenmann. Wir behielten ihn bis zum Abitur in Deutsch, Geschichte und Philosophie. Keinen Lehrer schätzten die meisten meiner Mitschüler so sehr wie ihn. Er war immer freundlich zu uns und verstand es, eine angenehme Lernatmosphäre aufzubauen. Im Unterschied zu fast allen anderen Lehrern verzichtete er weitgehend auf den Frontalunterricht und bevorzugte das Unterrichtsgespräch. Er formulierte ein Problem und ließ es von den Schülern diskutieren, bis eine akzeptable Lösung gefunden wurde. Dabei ermutigte er sehr geduldig schwächere Schüler, die ungeeignete Antworten lieferten, weiter zu überlegen, und gab dazu Denkanstöße. Nie verhielt er sich unwirsch bei noch so abwegigen Schülerantworten, wie wir es von seinen anderen Kollegen gewohnt waren.

Wir konnten ihn leicht dazu verleiten, vom eigentlichen Thema abzukommen. Als ich zum Beispiel einen Beitrag zu einem Gedicht liefern sollte und dabei das Wort *Tiger* versehentlich mit *ie* an die Tafel schrieb, rief Alfred frech dazwischen: „Der hört zu viel Peter Kraus." Alfred wusste, dass ich den Rock-Titel *Tiger* mochte.

Süffisant griff Tannenmann das Stichwort auf und sagte: „Gestern Abend habe ich im Radio einen jungen Mann greise Lieder singen hören. Ein Titel war, glaube ich, *Am blauen Fuß der Berge*."

„*Wenn es Nacht wird am Blue River*", korrigierte ich ihn und schämte mich ein wenig, dass ich solche Schlager kannte.

„Na, so wichtig ist es nun auch wieder nicht, Joachim", meinte Tannenmann.

Eine andere Möglichkeit, ihn vom Unterrichtsthema abzulenken, bestand darin, ein Stichwort in den Raum zu rufen, das mit Bayern, Österreich oder etwas Alpenländischem zu tun hatte. Dann lief er ganz groß auf, wenn er Anekdoten über den CSU-Politiker Franz Josef Strauß süffisant zum Besten gab. Ihm fielen Geschichten ein wie die Onkel-Alois-Affäre, Spiegel-Affäre, Starfighter-Affäre und so weiter. Wir lauschten gespannt, ließen uns dabei unterschwellig von ihm beeinflussen. Ich erinnere mich, dass Alfred und ich, durch Tannenmann ermuntert, ab 1962 die Zeitschrift *Der Spiegel* kauften und regelmäßig lasen. Die Berichte über die Strauß-Affären verschlang ich zweimal.

Die deutschsprachige Alpengegend deklarierte er gleichsam zu einer „Sprachbehindertenregion", machte sich über die Dialekte und Aussprachen lustig. Die meisten von uns lachten mit.

Während der Wanderfahrt ins Karwendel probierte ich das „Gelernte" in der Berghütte aus. Als ein Gast einmal laut „Servus" sagte, sprang ich auf, hob meinen rechten Arm, als wenn ich mich im Unterricht zu Wort melden wollte, und rief laut in den Raum: „Der Knecht!" Der Gast sah mich verwundert an, worauf ich sagte: „Entschuldigung! Ich dachte, Sie wollten lateinische Vokabeln abfragen."

Niemand, der den Vorfall mitbekommen hatte, fand meinen Einfall witzig. Demgegenüber kann ich mich heute noch köstlich darüber amüsieren.

Da der neue Deutschlehrer es meisterhaft verstand, uns für seine Unterrichtsthemen zu interessieren, war es fast nie laut im Klassenraum. Sehr selten störte jemand den Unterricht, und wenn doch, dann sagte er in ruhigem Ton, an alle gewandt: „Leute, wir wollen arbeiten!" Dabei bekam seine Stirn Falten und seine riesigen schwarzen Augenbrauen, die man mit denen des Politikers Waigel in den Achtzigerjahren vergleichen kann, erschienen noch größer als sie schon waren.

Es waren vor allem seine witzigen Formulierungen, die er verwendete, um etwas plastisch zu beschreiben. Im Geschichtsunterricht über den Dreißigjährigen Krieg sprach er zum Beispiel von „Eukalyptus, dem Verschleimten, der mit seinen Stoppelhopsern durch den Sumpf schlich". Für Soldaten hatte er nicht viel übrig.

Mit seiner Notengebung war ich nicht immer zufrieden. Bei keinem anderen Lehrer hätte ich es gewagt, Kritik zu üben. Mein Gefühl sagte mir, dass er meine Meinung akzeptieren und sogar etwas ändern würde. Die folgenden drei Beispiele klingen unglaublich, aber es hat sich tatsächlich so abgespielt, wie ich hier versuche, es der Realität nachzuzeichnen.

Meine Leistungen in Deutsch waren nur durchschnittlich. Meist stand auf dem Zeugnis eine Drei, weil ich zu still war, lieber zuhörte und mich mündlich wenig engagierte. Im zehnten Schuljahr bekam ich von Tannenmann nur eine Vier, weil er unter alle Klassenarbeiten die Note *voll ausreichend* geschrieben hatte. Nachdem ich diese Beurteilung zum sechsten Mal in Folge erhalten hatte, setzte ich mich zur Wehr.

Ich erinnere mich, dass es bei dieser Arbeit um eine Interpretation der Erzählung *Geschichte von Isidor* aus dem Roman *Homo Faber* von Max Frisch ging.

Als Herr Tannenmann einmal in einer kleinen Pause zwischen seinen Unterrichtsstunden am Pult saß und fehlende Klassenbucheintragungen nachholte und meine Klassenkameraden den Raum verlassen hatten, fasste ich mir ein Herz. Ich stand auf und ging drei Schritte bis zum Pult, hatte dabei das Gefühl, dass mein Blut in den Adern kochte. Sollte ich ihn wegen der Noten fragen? Als er mich nach einer kurzen Weile bemerkte, sprach ich ihn freundlich an: „Herr Tannenmann, Sie haben in meinen letzten Arbeiten nie etwas angestrichen, keine Bemerkung an den Rand geschrieben." In diesem Moment spürte ich ein Unbehagen, hatte Angst, weiter mit meinem Lehrer, für mich eine Respektsperson, zu sprechen.

Er hob seinen Kopf, sah mir von seinem Pult aus direkt ins Gesicht und lächelte. „Ja, und?" Dann steckte er seinen Kugelschreiber ins Jackett.

Ich nahm allen Mut zusammen und fuhr mit zittriger Stimme fort: „Ich gehe davon aus, dass alles richtig war und nichts fehlte. Warum habe ich dann immer nur *voll ausreichend* bekommen? Wieso nicht *ausreichend* oder *noch befriedigend* oder eine bessere Note?"

„Ja, das ist ganz einfach", schmunzelte er. Dabei erhob er sich. „Die Leistungen waren voll ausreichend, am oberen Ende von *ausreichend*." Er sah mich mit einem strahlenden Lächeln an.

Jetzt standen wir beide neben dem Pult. Enttäuscht senkte ich den Kopf. „Ich verstehe das nicht. Es ist nichts rot angestrichen. Es gibt keinen Kommentar am Rand. Warum sind die Arbeiten dann nicht *sehr gut?*"

Tannenmann behielt seine gute Laune. Fast kumpelhaft raunte er mir zu: „Weil sie voll ausreichend sind, Joachim. Glaub mir das. – Aber damit du beruhigt bist, schreibe ich beim nächsten Mal eine kleine Notenbegründung." Dann hob er beide Hände, zuckte mit den Achseln und nickte mir noch einmal freundlich zu, ehe er das Klassenzimmer verließ.

Nach diesem Gespräch erhielt ich bis zum Abitur nie mehr eine Beurteilung, die schlechter als *noch befriedigend* war. Notenbegründungen hat es aber keine gegeben.

Schon damals hatte ich den Verdacht, dass Tannenmann unsere Arbeiten gar nicht gelesen, sondern lediglich eine Note darunter geschrieben hat. Er konnte sich das leisten, weil wir in Rechtschreibung, Zeichensetzung und Grammatik viel besser waren als die meisten Schüler heute. Es war nicht aufgefallen, dass er die Texte nicht gelesen hatte, und Begründungen wurden damals von den Lehrern noch nicht verlangt.

Wenn ich an meine eigene Laufbahn als Mathematiklehrer am Gymnasium zurückdenke, fallen mir die Tricks mancher Kollegen ein, wie man Korrekturzeit einsparen und gleichzeitig sehr gute Schülernoten erreichen kann, so dass der Schulleiter zufrieden ist.

Man korrigiert jede Teilaufgabe nur bis zum ersten Fehler und stuft den Rest als folgerichtig ein. Zieht man dann für den ersten Fehler nur einen Punkt von der maximal erreichbaren Punktezahl ab, kann es passieren, dass der Schüler am Ende neunzig Prozent der erreichbaren Punkte und somit die Note *sehr gut* erhält. In Wirklichkeit könnte die Leistung im Extremfall *ungenügend* sein, wenn man die nicht festgestellten weiteren Fehler berücksichtigt hätte.

Ist es das Länder-Schulnoten-Ranking, das zu dieser Unsitte geführt hat? Hat man vonseiten des Schulministeriums Angst, dass Nordrhein-Westfalen durch schlechtere Schulnoten hinter den Letzten, Bremen, zurückfällt? Ein *Schmuseabitur* wurde durch die zentrale Aufgabenstellung längst eingeführt, wie manche konservative Schulkritiker heute meinen.

Zurück zu Tannenmann.

Ich warte heute noch, nach fünfzig Jahren, auf die Rückgabe einer Deutscharbeit. Kommentar überflüssig. Wer jetzt glaubt, dass wir immer lange auf die Rückgabe der Hefte warten mussten, der irrt.

Nachdem er eines Morgens zum Unterrichtsbeginn erschienen war, hat er uns die erste korrigierte Arbeit des Schulhalbjahres zurückgegeben, die er vier Monate in seiner beigefarbenen Ledertasche mit sich herumgeschleppt hatte. Verblüfft stellten wir fest, dass er sich heute anderes verhielt als sonst. Es war schließlich Montag. Wieso fragte er an diesem Morgen nicht, wer ihm den neuen *Spiegel* kaufen wollte? Das tat er doch immer montags. Und da es außerdem der letzte Montag im Monat war, sollte doch immer einer von uns gewohnheitsmäßig die *Pardon* für ihn kaufen. Diese Zeitschriften würde er dann den Vormittag über im Unterrichtsraum lesen und die Schüler mit einer Aufgabe beschäftigen. Daraus sollte heute nichts werden. Dabei hatten wir uns so darauf gefreut, dass er uns die neueste unfreiwillige Komik aus dem *Hohlspiegel* und die lustigsten satirischen Beiträge der *Pardon* vorlesen würde.

Er entschuldigte sich für seine Hektik. „Es tut mir furchtbar traurig. Wir müssen heute eine Klassenarbeit schreiben." Dabei ließ er den Heftstapel, den er aus seiner Aktentasche geholt hatte, auf den Lehrertisch fallen. Die dabei entstandene Staubwolke, die sich aus den Heften erhob, traf mich voll ins Gesicht, saß ich doch direkt vor dem Pult.

Dann ließ er die Hefte verteilen und sofort ein einstündiges Diktat schreiben, das er uns in der dritten Stunde, mit

Noten versehen, zurückgab, um im gleichen Atemzug die dritte Arbeit schreiben zu lassen. Diese zweistündige Arbeit haben wir dann, mit Note versehen, in der sechsten Stunde zurückbekommen. „Eigentlich könnten wir jetzt noch schnell die letzte Klassenarbeit des Halbjahres erledigen. Aber das wäre vielleicht doch ein bisschen zu viel. Das verschieben wir mal auf morgen", sagte er mit einem pfiffigen Gesichtsausdruck.

Dass er an diesem Tag dreimal in die Klasse gekommen war, hat daran gelegen, dass er uns in drei Fächern unterrichtete.

Ein Jahr danach hat er sich noch etwas Tolleres geleistet. Kurz vor dem Zeugnistermin musste er wieder mal noch drei Arbeiten in unserer Klasse schreiben lassen.

Er kam in der ersten Stunde, gab uns die alte Arbeit bewertet zurück und stellte ein neues Thema für die zweite Arbeit. Ich glaube, es ging um einen Vorschlag des SPD-Politikers Herbert Wehner bezüglich eines Redneraustauschs mit der DDR. Er sagte, er käme gleich wieder, und verließ den Klassenraum. In der zweiten Stunde kam er tatsächlich zurück, rief uns zu, wir sollten einen Strich machen und weiterschreiben. Dann war er wieder weg.

Was sich in der Zeit ohne Lehreraufsicht während der Klassenarbeit abspielte, war für mich und ein paar Mitschülern nicht immer angenehm.

Da ich mich um Schönschrift bemühte, benötigte ich viel Zeit zum Schreiben. Außerdem notierte ich vor der endgültigen Fassung die Struktur der Arbeit in Kurzform. Alles zeitraubend. Anders meine Mitschüler. Sie hatten eine flotte Handschrift und schrieben selten ihren Klassenarbeitstext zweimal, ins Unreine und ins Reine.

Die Zeit, die sie gewonnen hatten, nutzten sie für allerhand Blödsinn. So bekam ich mehrmals einen triefend nassen Schwamm an den Kopf. Eine Besonderheit unserer Klasse bestand darin, dass jeder von uns in den letzten vier Schuljahren ständig ein eigenes Sitzkissen benutze, das bei

Abwesenheit im Klassenschrank aufbewahrt wurde. Diese Kissen flogen mir und denen, die sich an dem Klamauk nicht beteiligten, ebenfalls um die Ohren, dass einem Hören und Sehen vergingen. Die Krönung aber, und das tat weh, war ein *Flummiball*, der, wenn er einmal gegen eine Wand geworfen wurde, durch den Raum zischte und von allem zurückgeschleudert wurde, das er berührte. Konzentrieren konnte ich mich bei dem Durcheinander kaum. Möglichkeiten zum Mogeln gab es zwar, wurden aber wenig genutzt.

Zu Beginn der dritten Stunde wiederholte sich die oben beschriebene Prozedur. Tannenmann kam, wir machten einen Strich und schrieben weiter. Am Ende der dritten Stunde erschien er wieder und sammelte die Hefte ein.

Am nächsten Tag hatten wir unter jeder Teilarbeit eine Note stehen. Somit hatte er von jedem Schüler vier Noten für die Zeugniskonferenz.

Weil ich nicht glauben konnte, dass er die Arbeiten wirklich korrigiert hatte, habe ich einige Jahre später, als Referendar, an meiner alten Schule die Arbeiten im muffig riechenden Keller des alten Schlossflügels gesucht und gefunden. Da war mir aufgefallen, dass er nie etwas angestrichen und selten einen Kommentar geschrieben hatte, meistens nur die Endnote. An eine Beurteilung kann ich mich noch erinnern: „Tommy, du schreibst in einem onkelhaften Stil."

Warum hat er die Klassenarbeiten nicht richtig korrigiert?, frage ich mich heute. Vielleicht, weil er nebenbei zu sehr aktiv in der Lokalpolitik engagiert war und zu wenig Zeit für die Schule hatte? Er erzählte uns, er habe jeden Tag bis spät in die Nacht an seinem Neubau herumgewerkelt. Außerdem gab er, wie er sagte, Unmengen an Nachhilfeunterricht. Dabei suchte er seine Schüler in deren Wohnungen auf und unterrichtete von der Couch aus, wie er wörtlich sagte. 25 Mark habe er damals für eine Stunde bekommen.

„Sport ist Mord" war seine Devise. Diesen Satz hörten wir oft von ihm. Sein Erscheinungsbild sah auch danach aus. Graue Baumwollhose mit passendem Unihemd, dazu eine beigefarbene Cordjacke mit Ärmelleder, manchmal auch eine hellbraune Wildlederjacke.

Ironie der Geschichte ist die Tatsache, dass er zehn Jahre später als Schulleiter eines Gymnasiums in der Innenstadt von Düsseldorf an jedem Schultag mit dem Fahrrad von Hochdahl aus, vorbei am Unterbacher See, zu seiner Arbeitsstätte fuhr. „Im Affentempo", wie er uns bei einem Klassentreffen, zu dem wir ihn eingeladen hatten, süffisant berichtete. „Immerhin sind es hin und zurück zwanzig Kilometer."

Bei diesem Klassentreffen in einem italienischen Restaurant brachte Alfred unseren ehemaligen Deutschlehrer in Verlegenheit, als er ihn an eine für ihn peinliche Situation erinnerte.

Immer wenn in Tannenmanns Unterricht die Sprache auf die *Sowjetische Besatzungszone* kam, die von Staatsdienern damals *Sogenannte Deutsche Demokratische Republik* genannt werden sollte, nannte er den Staat beim Namen, nämlich *DDR*. Von uns Schülern erwartete er, dass wir ebenfalls das *sogenannte* wegließen. Er konnte es ohne Sorge tun, weil es niemandem von uns in den Sinn gekommen wäre, ihn anzuschwärzen.

Etwa ein Jahr vor dem Abitur, im Jahre 1965, bat er uns im Unterricht, ihm genau zuzuhören, er habe etwas Wichtiges zu sagen. Er stand von seinem Stuhl am Pult auf und ging stumm zwischen den beiden Tischreihen auf und ab. Plötzlich sagte er: „Ich habe mich für eine Studiendirektorenstelle beworben."

Wir klatschten Beifall.

Er hob die linke Hand und bat um Ruhe. „Morgen habe ich eine Lehrprobe. Die Herren vom Schulkollegium beurteilen meinen Unterricht. Verhaltet euch bitte normal wie immer. Es gibt nur eine Ausnahme. Ich werde nicht DDR, sondern *Sogenannte DDR* sagen. Bitte tut das Gleiche! Sonst bekomme ich Schwierigkeiten."

Am nächsten Tag lief alles zu Tannenmanns Zufriedenheit ab, mit einer Ausnahme. Als er zum ersten Mal *Sogenannte DDR* sagte, fragte ihn Alfred: „Herr Tannenmann, warum sagen Sie *Sogenannte DDR*? Sie sagen doch sonst immer DDR."

Alfred hatte mit seiner Frage Verrat an der Kumpanei geübt, der sich Tannenmann sicher war.

Tannenmann antwortete, auf die ganze Klasse gerichtet, in ruhigem Ton, dabei hob er seine linke Hand: „Außerhalb meines Unterrichts kann jeder das ostdeutsche Staatsgebilde nennen, wie er will. Aber hier wollen wir uns daran halten, wir sagen *Sogenannte DDR*."

Bei einem Klassentreffen in Tannenmanns Haus im Bergischen Land, es muss in den Achtzigerjahren gewesen sein, lange nach der Schulzeit, versicherte er uns im Beisein seiner Frau, dass ihm die damalige Lüge noch heute leidtäte. Hätte er anders reagiert, wäre er wahrscheinlich nicht befördert worden.

Tannenmann als Lehrer aus heutiger Sicht zu beurteilen, fällt mir nicht leicht. Einerseits war er für uns ein dufter Kerl, mit dem man Pferde hätte stehlen können und bei dem wir das Gefühl hatten, zu jeder Zeit etwas Wichtiges zu lernen. Andererseits stört mich aus der Sicht eines ehemaligen Mathematiklehrers seine offensichtliche Unzulänglichkeit in formal-pädagogischen Dingen. Er ging zu lax mit der Korrektur von schriftlichen Arbeiten um, war oft unpünktlich und ließ uns häufig allein im Klassenzimmer. Wenn er den Klassenraum betrat, war fast immer seine erste Frage nach der Begrüßung: „Was haben wir jetzt? Deutsch, Geschichte oder Philosophie?" Er brauchte sich offensichtlich nicht vorzubereiten, wie es die meisten Lehrer tun. Wir glaubten, er hätte alle Themen, die er behandeln wollte, im Kopf gespeichert. Jedenfalls funktionierte es.

Trotz der negativen Eigenschaften war er für mich ein Vorbild. Wie er wollte ich auch werden. Nur nicht Deutsch-, sondern Mathematik- und Physiklehrer. So ist es auch gekommen. Wie oft habe ich in kniffeligen eigenen Unterrichtssituationen an ihn denken müssen! Wie hätte Tannenmann jetzt reagiert? Bei der Korrektur von Klassenarbeiten war ich vielleicht eine Spur zu pingelig. Da wollte ich wohl etwas kompensieren.

Wenn mich jemand mitten im Schlaf weckt, mit verbundenen Augen in ein Klassenzimmer voller unbekannter Schüler brächte, könnte ich auf der Stelle ohne Buch sofort mit dem Unterricht beginnen. Ich bräuchte mir nur die Klasse anzusehen, um zu schätzen, in welchem Schuljahr sie sich befände. Dann müsste ich noch den Kalendertag wissen, um blitzschnell abschätzen zu können, an welcher Stelle sie sich im Unterrichtsstoff befände.

Aus dem Stegreif zu unterrichten, hat nichts mit einer besonderen Intelligenz zu tun, vielmehr damit, dass man den kompletten Unterrichtsstoff in logischer Reihenfolge kennt, stets geeignete Methoden im Hinterkopf hat und alternative Lösungsstrategien jederzeit viel schneller als die besten Schüler entwickeln kann. Ich kannte den Unterrichtsstoff noch aus der eigenen Schulzeit und vielen Nachhilfestunden, die ich Schülern aller Klassenstufen erteilt hatte.

Sicherlich ist Mathematik ein Fach, in dem so etwas möglich ist. In den geisteswissenschaftlichen Fächern, wie den Fremdsprachen, dürfte das jedoch kaum funktionieren.

Dass es ohne ordentliche Unterrichtsvorbereitung nicht immer geht, habe ich am eigenen Leib gespürt, als ich eine Zeit lang einen Schwedisch-Kurs geleitet habe. Eine achtzehnjährige Schwedin, die ein Jahr als Austauschschülerin in meinem Mathematik-Kurs war, hatte mich auf die Idee gebracht, einen Einführungskurs in ihrer Landessprache anzubieten. Dabei sollte ich als Lehrer, sie als Aussprachetrainerin auftreten. Das funktionierte so gut, dass einige Schüler nach einem Jahr mit mir allein weiter arbeiten wollten, was auch geschah. Für mich war es harte Arbeit, da ich Schwedisch im Selbststudium gelernt und mir die Aussprache während zahlloser Urlaubsfahrten nach Skandinavien angeeignet hatte. Zu Hause besaß ich nur ein paar Lern-CDs und viele schwedisch gesungene Lieder der blonden Sängerin von Abba, Agnetha Fältskog.

Wir fahren nach Blankenheim
Chemie

Unser Chemielehrer Kallenberg war unser Klassenlehrer vom achten bis zum zehnten Schuljahr. In dieser Zeit unterrichtete er uns auch in Erdkunde und Biologie. Er war Mitte dreißig, bei fast allen Schülern sehr beliebt, im Grunde ein dufter Typ. Leider litt er an einer Nervenkrankheit, die ihn häufig zwang, wochenlange Pausen einzulegen. Wir vermuteten, dass sie durch ein Kriegstrauma entstanden war.

Er war eine „Berliner Schnauze" im wahrsten Sinne des Wortes. Er ließ niemanden ausreden, beantwortete meistens die von ihm im Unterricht gestellten mündlichen Prüfungsfragen selbst, weil er keine Geduld hatte, abzuwarten, bis der Prüfling eine Antwort gefunden hatte. Wegen seiner angeschlagenen Gesundheit verziehen wir ihm aber diese Überreaktionen.

Alle Eltern, die in seine Sprechstunde kamen, erlebten Ähnliches. Er ließ sie gar nicht erst zu Worte kommen, sondern redete sie in Grund und Boden.

Ronnys Eltern waren ebenfalls Berliner. Wie mir Ronnys Mutter später einmal erzählte, ging es immer heiß her, wenn sie Kallenberg am Elternsprechtag besuchte. Sie versuchte, mit ihrem Temperament gegen ihn anzukommen, was jedes Mal im Streit geendet haben soll. Ronny hatte das in der Schule auszubaden. Wenn unser Chemielehrer sich im Unterricht gestört fühlte, hatte er ihn fast immer dafür verantwortlich gemacht. Es geschah nicht nur einmal, dass er in einer Regenpause, wenn wir drin bleiben durften, ins Klassenzimmer gestürzt kam und losbrüllte: „Das war wieder ein typischer Ronny-Schrei!" Ronny war allerdings gar nicht in der Schule.

Einmal hatte einer von uns ein stinkendes Käsebrötchen in die Schublade des Lehrerpultes gelegt. Kallenberg roch das in der darauf folgenden Unterrichtsstunde und fand das Brötchen. „Wer war das?", schrie er und sah einen nach dem anderen von uns an.

Schweigen.

Niemand bekannte sich zu dem Streich.

„Wer ist für diese Sauerei verantwortlich?" Seine Stimme bebte.

Warum regt er sich wegen einer solchen Lappalie bloß so auf?, dachte ich.

Weil sich immer noch keiner meldete, rastete er aus, brüllte herum: „Schweinehunde! Armleuchter! Euch werde ich …" Schließlich beruhigte er sich und gab uns eine saftige Strafarbeit auf. Diese schriftliche Arbeit deklarierte er als Studienarbeit für den darauf folgenden schulfreien Freitag, den das Lehrerkollegium zum Studientag erklärt hatte.

Die ganze Zeit über war die Klasse mucksmäuschenstill gewesen.

Alfred, Ronny und ich überlegten uns noch am gleichen Tag, wie wir uns für die Strafarbeit rächen könnten. Wir erledigten in Tag- und Nachtschicht die Studienarbeit bis zum Freitagabend. Dann fuhren wir etwa 130 Kilometer mit dem Fahrrad nach Rüdesheim, schickten unserem Lehrer von dort eine Ansichtskarte, übernachteten in der Jugendherberge und fuhren sonntags wieder nach Hause.

Montags gaben wir unsere Arbeit in der Chemiestunde ab. Als wir Kallenberg dienstags in der Schule trafen, hatte er unsere Karte inzwischen erhalten. Völlig konsterniert fragte er uns, wie es möglich war, trotz der Studienarbeit eine so große Fahrradtour zu machen. „Ihr solltet das ganze Wochenende daran arbeiten und keine Zeit für andere Dinge haben." Sein trauriger Gesichtsausdruck ließ darauf schließen, dass er sehr enttäuscht war. Wir taten so, als hätten wir das alles mit Links erledigt.

Kurz vor unserer Klassenfahrt im zehnten Schuljahr wollte uns Kallenberg zeigen, wie Natrium und Wasser sich verhielten, wenn sie in Berührung kämen. „Diese beiden Stoffe reagieren sehr heftig miteinander, wie ihr gleich sehen werdet", klärte er uns in einer Unterrichtsstunde im Chemieraum theoretisch auf. Dieser Raum befand sich damals im linken Torhaus des Schlosses, wo später ein Café für die Park- und Schlossbesucher eingerichtet wurde.

Dann ging er mit uns an den nahe gelegenen Schlossweiher, eine schwabbelige Natriumstange im Glasgefäß. Ohne uns zu warnen, schüttete er die Stange in hohem Bogen ins Wasser. Sie flitzte augenblicklich wie ein wild gewordener Handfeger zickzackartig dicht über die Wasseroberfläche und zischte dabei mächtig. Dann drehte sie sich und rauschte blitzartig auf das Ufer zu. Noch ehe wir reagieren konnten, flog sie in hohem Bogen durch unsere Zuschauergruppe und blieb zuckend am Boden liegen.

Als die Natriumstange auf uns zuraste, war ich wie gelähmt, handlungsunfähig, und späteren Gesprächen zwischen den Klassenkameraden konnte ich entnehmen, dass es allen so ergangen war.

Zum Glück ist niemand verletzt worden. Kallenberg sammelte mit zitternden Händen den am Boden liegenden Rest mit einer Zange auf und ging mit uns schweigend zurück ins Klassenzimmer. Dort gab er uns eine schriftliche Übungsaufgabe zum Thema Natrium und sprach kaum noch, was für ihn sehr ungewöhnlich war.

Ich glaube, er hat sich für diesen Leichtsinn sehr geschämt und sich Fragen gestellt. Hatte er uns nicht zuvor erklärt, wie gefährlich ätzend Natrium in dieser Form wäre? Wieso hatte er dann zugelassen, dass seine Schüler von der unkontrolliert herumfliegenden Natriumstange hätten getroffen und verätzt werden können?

Die Klassenfahrt kündigte Kallenberg folgendermaßen an: „Viele von euch sind bestimmt noch nicht so weit von zu Hause weggekommen. Wir fahren hundert Kilometer mit dem Zug nach Blankenheim-Wald, das ist in der Eifel, laufen mit dem Gepäck fünf Kilometer durchs Gelände bis zur Jugendherberge in der alten Burg in Blankenheim."

Von wegen, weit, dachte ich und heckte mit vier Mitschülern, unter anderem Alfred und Eduard, einen Plan aus. Montag vor Pfingsten sollte die Zugfahrt sein. Wir würden kein Gepäck mitbringen und dem Lehrer lächelnd sagen, dass wir keins bräuchten.

Samstag Vormittag radelten wir von Düsseldorf nach Blankenheim. Ich war die Strecke zuvor schon öfter gefahren, wenn ich in den Ferien zu meinen Verwandten nach Saarbrücken wollte. Fünf Stunden müssten erfahrungsgemäß reichen, wenn man nicht trödelte. Zu fünft brauchten wir ein wenig länger, weil wir unterwegs in Köln und Euskirchen Reifenpannen hatten. Das Gepäck für die Klassenfahrt schleppten wir mit und ließen es in der Jugendherberge. Dort übernachteten wir auch. Sonntags fuhren wir wieder zurück.

Montag Morgen trafen wir uns alle in Düsseldorf am Bahnhof. Kallenberg staunte nicht schlecht, als er mehrere von uns ohne Gepäck sah. „Wollt ihr so ohne alles mitkommen?"

Es war ihm sofort aufgefallen.

Wir bräuchten keins, wären doch nur eine Woche fort von zu Hause, meinten wir lässig, als wenn es das Selbstverständlichste von der Welt wäre.

„Ihr werdet schon sehen, was ihr davon habt. Diese Jugend von heute!" Er schüttelte den Kopf.

Dann betrachtete er mich, genauer gesagt das, was ich eingeklemmt unter dem linken Arm trug. Es war die neuste Ausgabe der *Saarbrücker Zeitung*. „Ist das das Einzige, was du mitgebracht hast? Was willst du mit dem exotischen Provinzblatt? Warum hast du dir nicht die *Rheinische Post* oder Ähnliches gekauft?"

„Wenn ich verreise, lese ich nur die *Saarbrücker Zeitung*. Ich will wissen, wie der 1. FC Saarbrücken gespielt hat", sagte ich in ruhigem Ton.

Kallenberg resignierte. „Ich verstehe die heutige Jugend nicht mehr." In gebückter Haltung wandte er sich von mir ab.

In der Herberge angekommen, klärten wir ihn auf.

Er war beleidigt und versicherte uns kleinlaut mit verschwörerischer Miene, zuvor geglaubt zu haben, die Klassenfahrt sei etwas Großes für uns. „Un ihr faat ma eben zweehundert Kilometer midem Rad, um det Jepäck vorauszuschicken. Ikk fass det nich."

Wie ich später erfahren habe, hatten sich die meisten Mitschüler klammheimlich gefreut, die große „Berliner Schnauze" einmal ganz klein zu sehen.

Gefährliche Münzen
Wette in der Schulpause

In meinen ersten drei Jahren am Gymnasium war ich während der Schulpausen meistens mit Rudi aus der Parallelklasse zusammen. So auch an einem Freitag nach den Sommerferien in der Quarta.

„Na, Meister, wie geht's?", begrüßte er mich wie gewöhnlich und schlug mir mit der rechten Hand auf die Schulter. „Wir haben schon lange keinen Streich mehr gemacht." Dabei grinste er die ganze Zeit und sah mich verschmitzt an.

Rudi kannte ich schon von der Grundschule, wo wir in der gleichen Klasse waren. Er war ein großer, schlanker Junge, genau wie ich, hatte schwarze, mittellange Haare, und trug stets einen Kamm in der hinteren linken Gesäßtasche seiner schwarzen Jeanshose. Sein Markenzeichen war ein weißes Taschentuch, das immer aus der anderen Gesäßtasche lässig herausragte.

„Ich wüsste etwas", flüsterte ich ihm mit verschwörerischem Blick zu und sah mich dabei um, ob jemand zuhörte. Da wir allein waren, fuhr ich ihn frech an: „Aber ich glaube, du bist zu feige dazu."

„Selber Feigling!", kam prompt die trotzige Antwort. „Was hast du vor? – Komm, wir gehen in unser Gebüsch. Da kann uns keiner zuhören."

Im Gebüsch, hinter einer der Baracken, hatten wir unser Versteck. Seit dem vorletzten Sommer hatten wir nach und nach mit unseren Fahrtenmessern eine so große Öffnung ins Strauchwerk geschnitten, dass wir gerade hineinpassten und von außen nicht gesehen werden konnten.

Dort erzählte ich Rudi von meinem Vorhaben. Er glaubte mir nicht, dass ich so mutig war, meinen Plan auszuführen, und schloss mit mir eine Wette ab.

Ich sollte zehn Mark von ihm bekommen, wenn ich mich traute, Münzen auf die Schienen der Bundesbahn zu legen, sie vom Zug plattfahren zu lassen und wieder einzusammeln. Sollte ich versagen, bekäme er zehn Mark von mir.

Schon am darauffolgenden Montag war es soweit. Am Nachmittag trafen wir uns am Bahndamm, etwa zwei Kilometer von unseren Wohnungen entfernt. Was sich dort abspielte, habe ich wie folgt in Erinnerung:

Ich hörte das Summen ganz deutlich; es war noch leise, wurde aber lauter, wie ein leichtes Dröhnen. Das Zwitschern der Vögel in einem nahe gelegenen Gebüsch konnte mich nicht irritieren. Das war er. Er müsste gleich hier sein, und ein wenig später würde ich meine Wette gewinnen.

Rudi traute sich nicht in die Nähe der Schienen und blieb am Hang des Bahndamms stehen. Mein Rufen „Rudi, Rudi!" nützte nichts, er kam nicht zu mir herauf.

Ich lag auf dem Schotter, mit dem linken Ohr auf der Schiene. Wenn ich mich recht erinnere, stammte die Idee aus einem Karl-May-Buch. Schon Winnetou wusste, dass Eisen den Schall besser leitet als der Boden. Rudi war nun doch ein paar Schritte näher gekommen.

„Komm runter! Mensch, das ist zu gefährlich."

Aber mich konnte nichts mehr davon abbringen, meinen Plan auszuführen.

Die Münzen, wo waren sie?

Ich kramte in den Hosentaschen und warf ab und zu einen Blick in die Richtung, aus der der Zug kommen musste. Schließlich sollte ich einen Zehn-Mark-Schein kriegen. Zehn Mark waren damals viel Geld für einen zwölfjährigen Jungen.

Die Idee, drei Münzen vom Zug überrollen zu lassen, stammte von mir. Ein kupferfarbenes Einpfennigstück, das mit dem Tannenbaum auf der Rückseite, ein Alu-Pfennig aus der Sowjetzone und eine französische Fünf-Franc-Münze, mit der ich im Saargebiet bezahlen konnte. In den letzten Sommerferien hatte ich sie aus Hülzweiler, einem Dorf in der Nähe von Saarbrücken, mitgebracht. Die war meine Lieblingsmünze und besonders gut geeignet, platt gefahren zu werden. So platt, dass sie anschließend riesengroß sein würde. Das sollte etwas heißen, da sie größer als ein Fünf-Mark-Stück war und nicht aus Eisen, sondern aus Aluminium.

In der Ferne konnte ich mittlerweile die Dampflok erkennen. Ich musste mich beeilen, die Münzen gut zu platzieren. Sie sollten nicht schon vorher durch das Vibrieren der Schienen in den Schotter fallen.

„Komm endlich runter!"

Warum war er bloß so aufgeregt? Hatte er Angst, dass der Zug mich überfahren könnte, oder befürchtete er, die Wette zu verlieren?

In diesem Augenblick schrillte der Warnton des Zugführers. Der hatte mich bestimmt gesehen.

Sollte ich nicht doch lieber runter zu Rudi ins Gebüsch springen?

Damit er mich verstand, musste ich laut brüllen. „Ach was, das ist reine Routinesache. Habe ich schon öfter gemacht. Zuletzt, als ich vor zwei Jahren ... mit meinem Vater ... in der Ostzone ..."

Der Ausdruck Routinesache stammte aus Astrid Lindgrens Kindergeschichten mit Kalle Blomquist. Wir wollten auch so mutig wie der Schwedenjunge und seine Freunde Anders und Eva-Lotta sein.

Wie war das damals in der DDR?

Es waren Straßenbahnschienen in Taucha, einem Vorort von Leipzig. Ich erinnere mich genau, dass mich ein Passant beschimpfte, dass ich ein Saboteur aus dem Westen wäre, der eine volkseigene Straßenbahn in der Deutschen Demokratischen Republik aus den Gleisen heben wollte.

Lächerlich. Mit zehn Jahren.

Jetzt spürte ich überhaupt keine Angst.
Was sollte denn passieren?
Oder fürchtete ich mich doch ein wenig? Etwas weich war ich schon in den Knien.
„Wenn der die Polizei ruft ... sind wir dran!"
„Ach, der hat kein Telefon ..." Ich wollte weitersprechen, aber das Zischen der Lokomotive und der ohrenbetäubende Warnton raubten mir die Stimme. Ich drückte beide Hände an die Ohren und schwankte. Beim Versuch, mich aufrecht zu halten, fiel ich fast auf die Gleise. Mir wurde schwarz vor Augen. Das Rattern und Dröhnen war unerträglich. Im letzten Augenblick sprang ich von den Schienen. Der Rauch der Lokomotive benebelte mich, ich musste heftig husten. Vom reißenden Fahrtwind des vorbeidonnernden Zuges beschleunigt, kullerte ich den Bahndamm hinunter und landete vor Rudis Füßen neben einem großen Gebüsch. Das Getöse der Räder war kaum auszuhalten. Um den Schmerz zu lindern, hielt ich mir wieder die Ohren zu. Nach einer Weile, die mir wie eine Ewigkeit vorkam, ließ der quälende Lärm nach. Der letzte Waggon war vorbeigerauscht.

Vor uns, hinter Ästen und Zweigen verborgen, lag der Eingang eines Verstecks. Wir nannten es unsere Bude. Nur wir beide kannten sie. Drinnen befanden sich ein Tisch und zwei Bänke, alles aus Holz, natürlich selbst gebaut. Wir waren sehr stolz auf unsere Bude. Es war so gemütlich in ihr. Dort fühlten wir uns sicher.

Rudi blickte mich ratlos an. „Da hast du aber Glück gehabt ... ich hätte mich nicht getraut ... ich habe wohl verloren."

Er war maßlos enttäuscht.

Wegen einer Wette hatten wir uns in Gefahr gebracht.

War das bei Kalle Blomquist ähnlich gewesen? Konnten wir überhaupt die Situation richtig einschätzen?

Aus der heutigen Sicht muss ich zugeben, dass unser Spiel unverantwortlich war. Kalle hatte sich selbst zwar oft in Lebensgefahr gebracht, aber niemals andere Menschen.

Mittlerweile war es still geworden, der Zug war verschwunden. Es schien so, als wäre er nie da gewesen. Kein Rauch mehr, kein Lärm. Kein Wind wehte an diesem warmen Sommernachmittag. Selbst die Vögel waren verstummt. Mir schlotterten immer noch die Knie. Ich machte mich auf den Weg zu den Gleisen, um meine Münzen zu suchen.

„Ach hier ... unser Pfennig ... wie der aussieht!", rief ich Rudi, der jetzt auch auf den Gleisdamm gestiegen war, freudestrahlend zu. „Hier kannst du sehen, wo sie runtergefallen sind!"

Die Motive der Münzen waren in die Schiene gedrückt worden.

„Ich hab das Fünf-Franc-Stück."

Mit einem gequälten Lächeln drückte mir Rudi eine riesige Aluminiumscheibe in die Hand. Sie war doppelt so groß wie vorher, aber nicht mehr rund, sondern krumm.

„Wieso ist die Münze ... so unheimlich heiß? Rudi ... die glüht ja fast." Er sah mich achselzuckend an.

Wir wussten damals noch nicht, woran das lag. Erst im achten Schuljahr sollten wir lernen, dass Metall bei Verformung Wärmeenergie aufnimmt, waren aber erst im sechsten.

Die immer noch anhaltende Stille, in der wir uns sicher fühlten, war trügerisch.

Plötzlich der Ton einer Polizeisirene.

Wir starrten über das zwischen der anderen Seite des Bahndamms und der Bundesstraße liegende Kornfeld. Zu unserem Entsetzen entdeckten wir ein Polizeiauto auf der Allee. Es raste zu dem Feldweg, der zum Bahndamm führte. Gleich würden die Polizisten unter der Eisenbahnbrücke halten und uns verhaften. Rudis Kopf war knallrot. Er schien wieder Angst zu haben.

„Au weia, da war doch ein Telefon im Zug!"

„Quatsch ... wir müssen weg, Rudi. Aber wohin?"

Dass wir uns Gedanken darüber machten, ob in einem Zug telefoniert werden kann, erscheint aus heutiger Sicht merkwürdig. Damals jedoch war es im Gegensatz zu heute so, dass kaum jemand ein Telefon besaß. Deshalb hielt ich es für möglich, dass der Lokführer im Zug nicht telefonieren konnte.

Wahrscheinlich hatte uns der Bahnschrankenwärter entdeckt und die Polizei gerufen. Von seinem Häuschen aus gab es eine gute Sicht über den Schienenstrang. Unser Spiel konnte ihm nicht entgangen sein.

Einen Moment lang waren wir ratlos.

Was würden Kalle und seine Freunde jetzt machen?

„Nicht zur B 8 ... dann laufen wir denen in die Arme. Wir müssen in die andere Richtung ... durchs Maisfeld ... zum Wald."

Rudi versuchte zu protestieren. „Aber ..."

„Hoffentlich schaffen wir das! Dann kriegen sie uns nicht."

„Aber nein, nicht durchs Feld ... da sind wir zu langsam. Die kommen doch mit dem Auto."

„Ach was ... auf dem Weg sehen die uns doch ... durch den Mais müssen wir."

„Und dann?"

„Im Wald kenne ich ... ein Versteck. Los ... komm mit!"

Inzwischen war der Polizeiwagen in den Feldweg eingebogen. Er fuhr auf dem holperigen Untergrund entschieden langsamer. Die Sirene war nicht mehr zu hören.

„Die waren dumm ...", keuchte Rudi und stolperte, „warum sind die ... nicht ohne Martinshorn gekommen ... wir hätten sie ... zu spät gesehen ... und nicht mehr abhauen können."

Ich wischte die Schweißperlen von der Stirn und versuchte, eine mutige Miene zu machen.

„Die mussten das doch einschalten ... bei dem Tempo ... auf der B 8 ... ob die bemerkt haben ... dass wir ins Feld gelaufen sind?"

„Bestimmt, ich kann ja mal gucken."

„Bist du verrückt ... komm ... mach voran ... Rudi ... wir müssen weiter!"

Die Reihen der mannshohen Maispflanzen verliefen parallel zum Feldweg, der zum rettenden Wald führte. Da hatten wir Glück gehabt. Wir mussten nicht quer durchs Feld rennen, was wesentlich schwieriger gewesen wäre. Da der Raum zwischen zwei Reihen breit genug war, kamen wir gut vorwärts. Dennoch schabten die Stängel an Armen und Beinen, und die Kolben schlugen uns ins Gesicht. Das war unangenehm, aber wir mussten da durch.

Auf einmal traf mich ein stechender Schmerz.

„Au verdammt ... meine Füße ... ausgerechnet heute muss ich ... Sandalen tragen!"

Ich hatte mich an etwas Scharfem, Disteln oder so etwas, verletzt. Tränen stiegen mir in die Augen, ich musste stehenbleiben. Rudi war mir bereits ein gutes Stück voraus und sah sich jetzt um.

„Was ist denn?"

Als er meine blutenden Zehen sah, war er froh, dass er nie Sandalen trug. Ja, er verabscheute sie regelrecht. „Wir sind doch gleich da", versuchte er mich zu trösten.

Vor lauter Aufregung dachten wir nicht an den Bauern, durch dessen Feld wir liefen und das Getreide umknickten. Wenn der uns erwischt hätte ... Uns war nicht bewusst, dass wir wegen ein paar Münzen dreimal in Gefahr geraten waren. Der Zug, die Polizei und der Bauer.

Als wir den Waldrand erreichten, wagte ich zum ersten Mal mich umzudrehen.

Die Unterführung.

Wir hatten Glück gehabt, der Polizeiwagen stand dort, war nicht weiter zum Wald gefahren. Das hatte ich die ganze Zeit befürchtet, während wir gerannt waren. Ich sah zwei Polizisten am Bahndamm herumlaufen. Sicher dachten sie, wir wären in einem Gebüsch verschwunden.

Rudi war noch immer ängstlich. „Sollen wir uns ... nicht endlich verstecken?"

„Klar doch ... machen wir ... klettern wir auf den *Rasiersitz* ... dort suchen die uns nie."

Das war unser Lieblingsbaum, am Waldrand. Wir nannten ihn so, weil es von oben eine herrliche Sicht über das Feld bis zum Bahndamm gab, wie im Kino in der ersten Reihe. Sehr gemütlich war es auf der selbst gezimmerten Holzbank mit Lehne.

Völlig erschöpft oben angekommen sahen wir, dass die Polizei verschwunden war. Erleichtert lehnten wir uns zurück, noch immer außer Atem, aber glücklich.

Nachdem wir uns ein wenig erholt hatten, blickten wir zum Himmel. Es war kein Wölkchen zu sehen, nur ein strahlendes Blau. Wir waren gerettet, brauchten keine Angst mehr zu haben. Trotzdem blieben wir noch eine Weile auf dem Baum sitzen, jedoch nicht ohne Herzklopfen.

Das wurde besser, als Rudi nach einer Weile sagte, dass er Hunger habe, und ich ebenfalls ein flaues Gefühl im Magen verspürte. Wir sahen uns an und beschlossen, nach Hause zu gehen. Nachdem wir langsam vom Baum geklettert waren, nahmen wir den Feldweg Richtung Bahndamm. Wegen der Müdigkeit sprachen wir kein Wort miteinander. Auf der Bundesstraße angekommen, verabschiedeten wir uns mit Handschlag und liefen in entgegengesetzten Richtungen nach Hause.

Keiner von uns dachte an die Wette.

Soweit unser kleines Abenteuer.

Am darauffolgenden Montag suchte ich in der Schule vergeblich nach Rudi. Von seinen Klassenkameraden erfuhr ich schließlich, dass er nicht da sei. Erst zwei Tage später tauchte er wieder auf. In der ersten großen Pause um zehn traf ich ihn auf dem Schulhof hinter der Baracke in unserem Gebüsch. Dort wartete er schon auf mich.

Mir fiel sofort auf, dass etwas mit ihm nicht stimmte. Er sah sehr blass aus, seine Körperhaltung war schlaff, nicht so wie sonst.

„Wo warst du die ganze Zeit? Warst du krank? Was ist mit meinen zehn Mark?", fragte ich ihn vorwurfsvoll.

„Ach, du meinst die Wette. Ich hatte Kopfschmerzen. Aber jetzt geht es wieder besser. Das Geld habe ich vergessen, kriegst du morgen."

Tatsächlich drückte er mir bei unserem nächsten Treffen in der Schulpause eine Handvoll Münzen in die hohle Hand. Dabei machte er ein unglückliches Gesicht, hatte er doch die Wette verloren.

Ich zählte nach. Es waren genau zehn Mark.

Dank an Dr. Phil. Wolf Allihn, in dessen literarischem Seminar ich Grundkenntnisse im Roman-Schreiben erworben habe.

Joachim Kuhrig, geboren 1946 in Hilden. 1966 Abitur, Mathematik- und Physik-Studium an der Universität zu Köln. 1970 Lehrer an einem Düsseldorfer, seit 1975 an einem Gymnasium im Kreis Mettmann. Oberstudienrat 1979. Regionalkoordinator Mathematik-Olympiade. Studium in einem Autorenfortbildungsseminar. 2009 Pensionierung. 2015 Publikation der Erzählungen „Schlüsselerlebnis" und des biografischen Tatsachenromans „Manuela – Das Mädchen mit der Träne in der Stimme" über die Sängerin und Komponistin Manuela.

Ebenfalls bei TWENTYSIX erschienen:
ISBN 9783740708047

Schlüsselerlebnis – Vier Erzählungen

Joachim Kuhrig

Das werden Sie noch bereuen – Sebastian ist Studienrat an einem Gymnasium. Er unterrichtet Deutsch und erteilt gute Noten für gute Leistungen, schlechte für schlechte. Letzteres ist dem Schulleiter ein Dorn im Auge. Als Sebastian als Zweitkorrektor die Abiturnote einer Schülerin, deren Vater mit dem Deutschlehrer der jungen Frau befreundet ist, heruntersetzt, beginnt für ihn eine Odyssee. Er wird von seinem Chef schikaniert und gedemütigt. Seine ungeschickten Gegenmaßnahmen bewirken, dass alles nur noch schlimmer wird. Durch menschenverachtendes Mobbing wird er in die Enge getrieben und erleidet unsägliche psychische Qualen. Die Ratschläge seiner Kollegen erreichen ihn nicht mehr. Es bleibt ihm nur noch sein Traum, die Doktorarbeit über Carl Zuckmayer zu Ende zu schreiben.
Sykkelfantom – Ein Mann mittleren Alters befindet sich auf einer Fahrradtour in Norwegen. Seine Freunde nennen ihn Kilometerfresser, weil es ihm mehr auf die Länge der Strecke als auf die Sehenswürdigkeiten der Fahrt ankommt. Seine auf mehr als 120 Kilometer angelegte Tour endet nach nur eins Komma sechs Kilometern urplötzlich beim Zusammenstoß mit einem Auto. Bleiben als Erinnerung an diesen Ausflug nur Röntgenbilder anstelle von Urlaubsfotos?
Hasenbachs Scheitern – Hasenbach will Mathematiklehrer am Gymnasium werden. Die Referendarzeit soll er im Rheinland absolvieren. Sein ungewöhnliches Erscheinungsbild und das eigenwillige Auftreten rufen bei den Ausbildungslehrern Erstaunen hervor. Sie stufen ihn als Meister der unfreiwilligen Komik ein und übersehen seine gravierenden fachlichen Schwächen. Das führt zu einer Katastrophe. Dabei hat Hasenbach bis zuletzt daran geglaubt, eine sehr gute Abschlussnote zu erreichen.
Schlüsselerlebnis – Zwei Männer und eine Frau mittleren Alters befinden sich auf einer 140 Kilometer langen Fahrradtour in Schweden. Ihr Ziel ist Karlstad am Vänersee. Einer der Männer verliert erst seinen Autoschlüssel, dann den Fahrradschlüssel. Das Speichenschloss will er nicht mit Gewalt öffnen. Er will den Schlüssel zurückhaben. Seine Freunde verhalten sich bei der Suche nicht, wie er sich das wünscht. Er lernt sie von einer ungewohnten Seite kennen. Ein Schlüsselerlebnis besonderer Art.

Ein kritischer Leser schreibt:

Das oft unterschätzte Problem, über Schule zu schreiben, ohne dass Verzerrung, Karikatur oder Vorschläge zur pädagogischen Reform unterbreitet werden, löst Joachim Kuhrig so einfach wie überzeugend, indem er so sachlich wie einfühlsam über den schulischen Alltag berichtet, den er selbst als Gymnasiallehrer 40 Jahre lang erlebt hat. Seine Erzählungen über die tragischen Fälle der Referendare, deren Unterrichtsstunden scheitern, wie auch die Nachbesprechungen durch ‚Fachleute' sind kompetent und originell und nicht ohne Beklemmung zu lesen, zumal die Referendare auch an ihrer Berufswahl scheitern. - Mehrfach weist der Autor originell und couragiert auf Ungenauigkeiten, ja, auf Mauscheleien in der Zensurengebung bei Klassenarbeiten und in der Referendarbeurteilung hin – Interna, die üblicher Weise unter dem Teppich bleiben. – Der gymnasiale Schulalltag steht so wie er ist, lebhaft und authentisch geschildert, plastisch vor dem Leser. – Zwei kürzere Erzählungen stellen Ferienerlebnisse dar, die das Personenbild des Autors abrunden, u. a. durch ein ‚Schlüsselerlebnis'. –   Dr. W. Allihn, StDir. i.R., im Juli 2016

Ebenfalls bei TWENTYSIX erschienen:
ISBN 9783740707903

Manuela – Das Mädchen mit der Träne in der Stimme
Biografischer Tatsachenroman

Joachim Kuhrig

Seeshaupt 1981. Achim, der Gymnasiallehrer aus dem Rheinland, lebt in seinen Schulferien mit in Manuelas Haus am Starnberger See. Da er die Biografie des Stars schreiben soll, erzählt sie ihm abschnittsweise ihre bisherige Lebensgeschichte mit allen Höhen und Tiefen. Im Zentrum steht der 1973 beginnende gegen sie gerichtete Fernsehboykott, der sie erstmalig an den Abgrund führt. Achim, seit Anfang ihrer steilen Künstlerkarriere tief ergriffener Bewunderer, hat sich längst in Manuela verliebt und erobert sie im Laufe der Zeit mit einer Engelsgeduld. Horrem 1984. Manuela und Achim sind häufig allein ohne den ständig im Weg stehenden Manager Walter. Die Liebe ist voll entflammt und mündet in einer engen Beziehung. Manuela gewinnt wieder Boden unter den Füßen und erfüllt sich mit dem Komponieren von Schlagern und Popmusik einen weiteren Lebenstraum. Dann ein plötzlicher Vertrauensbruch. Die Beziehung stirbt durch Rückzug von Achim, der sie jedoch aus seinem Herzen nicht verliert. Manuela bekommt in den Folgejahren ihr Leben nicht wirklich in den Griff. Walter, der sie zwar nicht entdeckt aber nach oben gebracht hat, den sie aber auch zu hassen gelernt hat, stirbt 1993. Bruder Klaus, mit dem sie wegen eines Zerwürfnisses zwischen Walter und ihm bricht, hilft ihr als ihr neuer Ratgeber, wieder in Rundfunk und Fernsehen aufzutreten. Bis dahin kennt Manuela die Gipfel ihrer Karriere (Las Vegas, 45 amerikanische Bühnenshows, Freundschaft mit Cary Grant) ebenso wie die Täler tiefer Verzweiflung und Not bis hin zu Selbstmordgedanken. Doch die eigentliche Tragik ihres Lebens ist ihr früher Tod 2001. Die tückische Krankheit Gaumenkrebs überkam sie, als sie sich berechtigte Hoffnung auf ein großes Comeback machen kann.

Ein kritischer Leser schreibt:

Die Entstehung dieses Buches habe ich im Rahmen des von mir als Privatdozent a. D. durchgeführten „Seminars für Autorenfortbildung" von Anfang bis Ende in vielen Textbesprechungen begleitet. Zwei Jahre haben wir uns in den Kursen eingehend mit dem gesamten Stoff beschäftigt und in Konzeption, Strukturierung der Handlung, wissenschaftlich-dokumentarischer Grundlegung, Ausdruck und Stil usw. versucht, die beste Darstellungsform zu finden.

Dabei war besonders zu berücksichtigen, dass *Achim Kuhrig* nicht nur als ‚Fan' der Schlagersängerin *Manuela* ihr Leben in einer Biografie vorstellen wollte, sondern als langjähriger Bewunderer, Freund, Berater, Helfer und schließlich zeitweiliger Liebespartner auf das Engste mit ihrem Leben vertraut war.

Die konzeptuellen Vorbilder dafür sind u. a. in den Klassikern von *Miguel Cervantes'* „Don Quijote" und *Arthur Conan Doyle's* „Sherlock Holmes" zu finden, in denen jeweils die Begleiter der Hauptfiguren, der Diener *Sancho Pansa* bzw. der Butler *Watson,* als Erzähler, Kommentatoren oder kritisch Wertende auftreten, auch in *Da Ponte/Mozarts* „Don Giovanni" bekleidet *Leporello* eine ähnliche Rolle.

In *Kuhrigs* „Manuela…" ist der Verfasser in einer vergleichbaren, allerdings zusätzlich privat engagierten Situation. Der Gefahr, beim Schreiben in eine emotional zu große Nähe und Abhängigkeit von seinem Idol zu geraten, entgeht Kuhrig nun durchaus originell durch die versachlichende Heranziehung von einer Fülle von Unterlagen – Briefe, Verträge, Tagebuch- und Gesprächsnotizen, Abrechnungen, zitierte Dialoge, Kritiken und Erfolgberichte. Die Auflistung der - z. T. von ihr selbst komponierten - Werke *Manuelas,* Labels usw., wird mit wissenschaftlicher Akribie vorgenommen. - Das mehr Romanhafte dieser Biografie liegt in der Darstellung der Protagonistin als Persönlichkeit und Charakter, die die psychischen Bedingungen ihrer künstlerischen Motivation und Beharrlichkeit berührt, aber auch, z. B. im Umgang mit ausbeuterischen Managern und finanziellen Problemen, die Skizzierung ihrer Schwachstellen nicht vernachlässigt.

Insgesamt ist an der Authentizität des Werkes nicht zu zweifeln, und ich zögere nicht, es als eine umfassend literarisch gelungene Darstellung des Lebens der Sängerin *Manuela* zu bezeichnen, das sowohl für die Heldin wie für ihren Biografen tragisch endet.

Negative Einlassungen über einzelne intime Szenen sind wichtigtuerisch, moralisch kleinkariert und entbehren der Seriosität. Sie mögen der Desillusionierung geschuldet sein, die diejenigen bei der Lektüre des Buches überfällt, die ihrer angebeteten Schlagersängerin mit allzu großer Blindheit, gewiss auch ihrer unbezweifelbaren Schönheit wegen, zugejubelt haben. Dr. Wolf Allihn, StDir i. R., im Januar 2016